EL BOSQUE DE LOS MIL OJOS

Editorial Bambú es un sello de Editorial Casals, SA

Publicado por primera vez en 2024 por Two Hoots, un sello de Pan Macmillan
Título original: *The Forest of a Thousand Eyes*

Casp, 79 – 08013 Barcelona
editorialbambu.com
bambulector.com

Diseño de la colección: Estudi Miquel Puig

Primera edición: septiembre de 2025
ISBN: 978-84-1086-001-8
Depósito legal: B-14118-2025
Printed in Spain
Impreso en Índice, SL
Calle D, 36 Sector C, 08040 Barcelona

El papel utilizado para la impresión de este libro procede
de bosques gestionados de manera sostenible.

FRANCES
HARDINGE

EL BOSQUE DE LOS MIL OJOS

Ilustraciones de

Emily Gravett

Traducción de

Noemi Risco Mateo

bambú
EDITORIAL

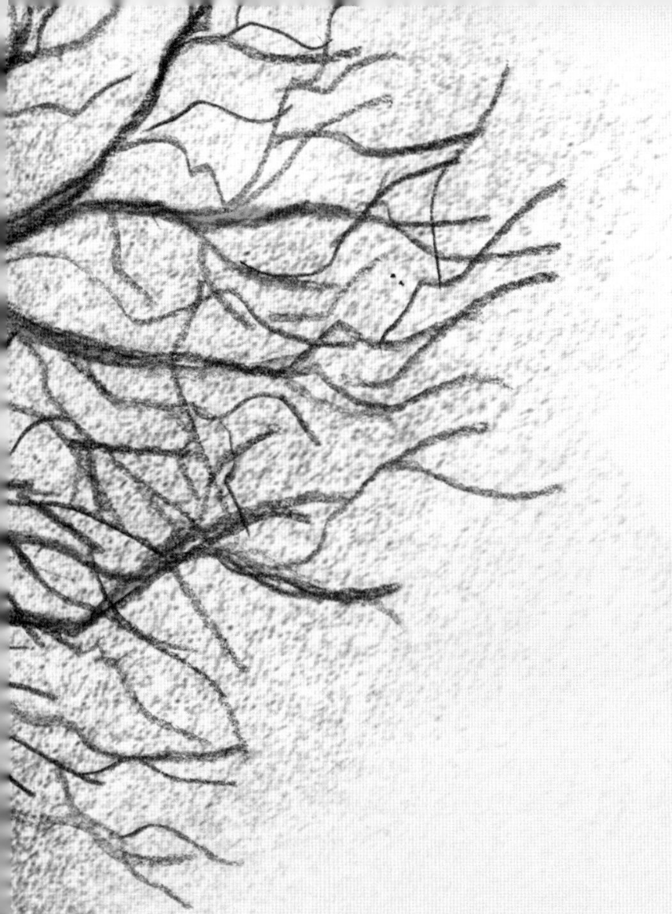

Para Rhiannon,

por ser una perpetua fuente de sabiduría.

ÍNDEX

EL MURO Y LA VEGETACIÓN

–Tu problema –murmuró el viejo Ascua mientras le rapaba la cabeza a Pluma– es que tienes ideas.

La muchacha se sostenía la punta de las orejas hacia abajo, con las yemas de los dedos, para mantenerlas alejadas de la apresurada cuchilla profesional que Ascua le pasaba por el cuero cabelludo. Estaba acostumbrada tanto a la hoja de afeitar como a los sermones del anciano. La mejor manera de sobrevivir a ambos era quedarse quieta y no decir nada, aunque rara vez lograba lo último.

–¡Un mapa! –Ascua resopló–. ¿Qué tienes pensado hacer con eso? Más te vale sacarte esa mala hierba de la cabeza antes de que arraigue.

–¿Cómo voy a hacer tal cosa? –preguntó Pluma–. ¡No puedo evitar que se me haya ocurrido!

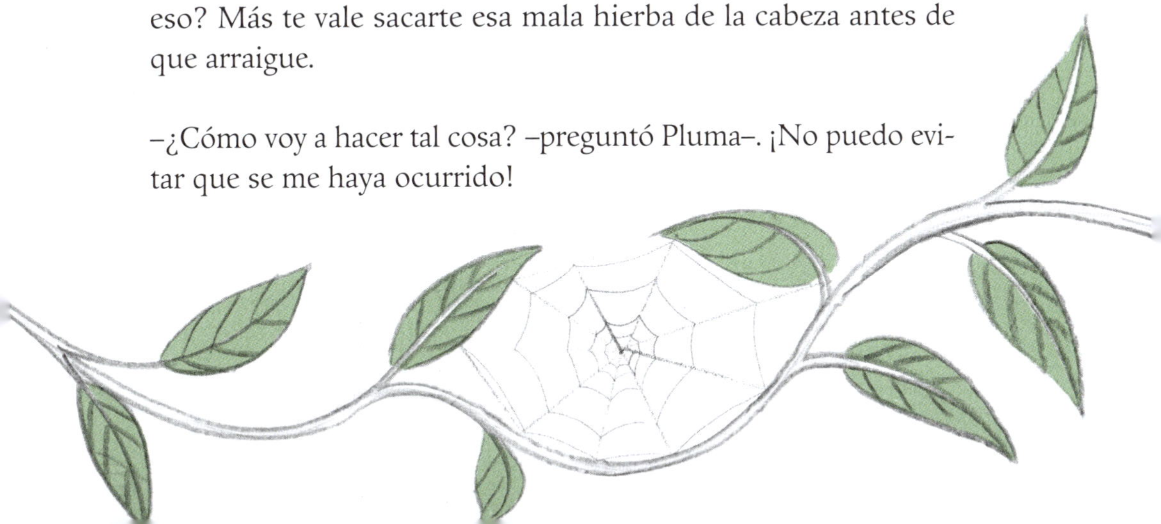

–Es increíble lo que puedes llegar a hacer si lo intentas –gruñó Ascua–. Bueno, no hagas ninguna estupidez, a ver si vas a acabar muerta. Ya está, he terminado.

Pasó la mano con brusquedad, aunque de forma cariñosa, por la cabeza rapada de Pluma y le dio un empujoncito para que se marchara. La chica le cedió el taburete al siguiente niño que esperaba su afeitado semanal y se alejó sigilosamente.

Por necesidad, todas las habitaciones dentro de la fortificación del Muro eran largas y estrechas, con suelos, paredes y techos de piedra. Las únicas ventanas eran unos círculos de un palmo de ancho, de cristal de roca, que en ese momento dejaban entrar la luz de primera hora de la mañana. Los encargados de barrer ya estaban pasando la escoba por si se había colado alguna semilla diminuta por accidente.

Pluma se frotó el cuero cabelludo en busca de mellas y se dirigió hacia la poterna, tratando de no fruncir el entrecejo. El viejo Ascua había llamado «malas hierbas» a sus ideas y eso le dolía. Las malas hierbas eran el enemigo. Las bardanas, en concreto, eran infiltrados secretos que tenían la capacidad de destruir a cualquiera. Podría habérselo discutido, pero ese día no debía llamar la atención.

El peso extraño del objeto en su bolsillo le chocaba contra la cadera. «Lo devolveré pronto, antes de que nadie se dé cuenta», pensó, deseando que la cara no mostrara el sentimiento de culpa que sentía.

Pluma esperaba que los vestuarios estuvieran vacíos y le frustró ver a Cereza, su hermana pequeña, merodeando por la puerta con una mirada de arrepentimiento mientras abrazaba un pequeño cuerpo escamado acurrucado en sus brazos.

–¡No quiero hablar contigo! –dijo Pluma con su dureza habitual.

–¡Lo siento! –contestó Cereza con esa expresión triste en los ojos que pretendía arreglarlo todo–. ¡Solo se lo conté a una persona! ¡No creía que se fuera a armar este escándalo!

–¡Pues así ha sido! –gritó Pluma, apartando a su hermana para entrar en los vestuarios–. ¡Ahora ya no me dejarán tener papel! ¡Se piensan que quiero un mapa para… escaparme al Bosque con un machete o algo por el estilo!

Cereza no la seguiría a los vestuarios, porque eran solo para los que salían al exterior.

Pluma sabía que no estaba siendo justa con su hermana. La verdad es que tampoco esperaba que nadie reaccionase tan mal ante la idea de un mapa. En circunstancias normales, habría intentado que Cereza se sintiera mejor, pero, si la abrazaba en ese instante, la niña notaría el objeto que llevaba en el bolsillo.

En uno de los pequeños huecos, Pluma se vistió para salir con ropa de colores gris piedra y amarillo pálido liquen como camuflaje. Se puso unos guantes resistentes, la gorra emplumada que impedía que se le quemara la cabeza al sol y las botas de piel de ardilla con la forma de los dedos para poder trepar.

–¿Pluma? –oyó la voz de Cereza llamándola y advirtió con molesta desesperación que su hermana seguía observándola desde el otro lado de la puerta.

La chica la ignoró mientras se abrochaba el cinturón de herramientas y se colgaba la bolsa y el equipo de escalada al hombro. Dio un silbido y el bulto con escamas adormilado en los brazos de Cereza se estiró, revelando un hocico como el de una comadreja, un cuerpo largo y unas patas cortas. Saltó al suelo, corrió hasta Pluma describiendo una ruta arqueada y ondulante y subió serpenteando por su cuerpo hasta colocarse en el hombro y dejar colgando la larga cola por la espalda de la chica.

Pluma notó las escamas frías de Lustroso contra el cuello. A veces se preguntaba si en realidad al pequeño hurón escamoso le gustaba acurrucarse con ella por su calor corporal. A lo mejor solo la veía como su sustituto del sol y una fuente de comida, pero no se lo tenía en cuenta.

Técnicamente, Lustroso no era una mascota. Se permitían muy pocos animales dentro del Muro, puesto que siempre existía el peligro de que fueran esclavos de la voluntad del Bosque. Sin embargo, de vez en cuando se hacían excepciones con los huro-

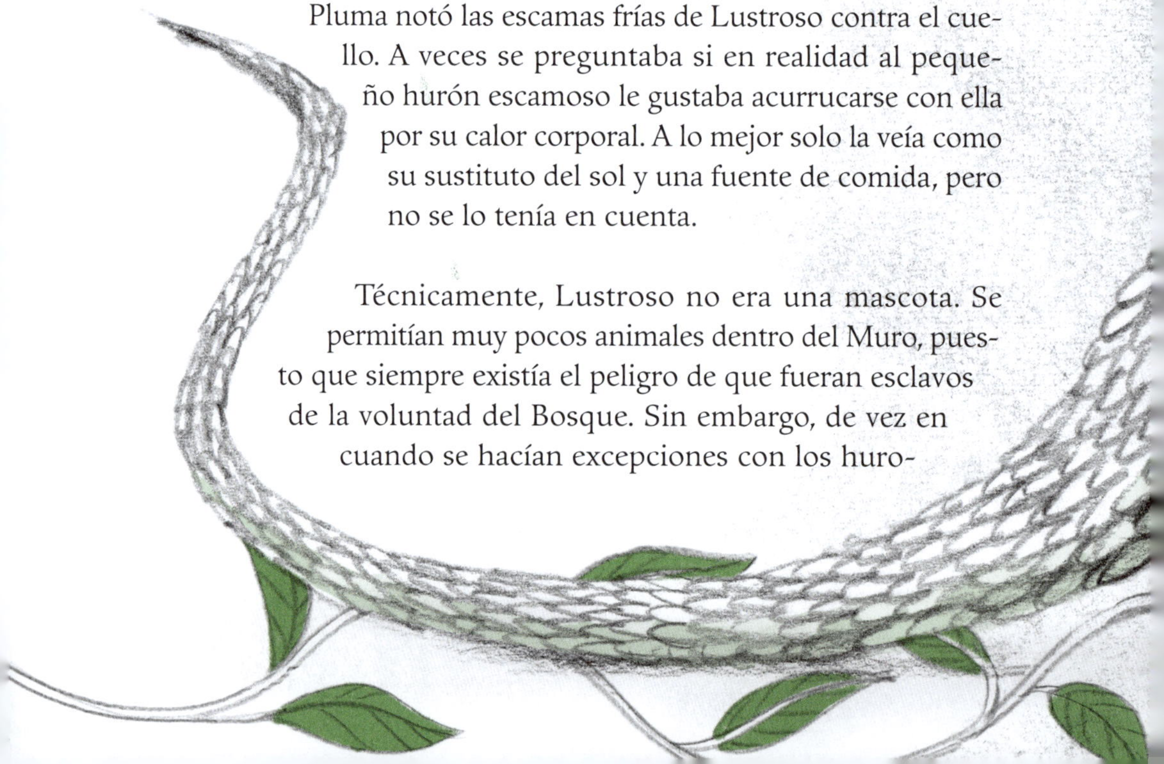

nes escamados si se habían criado con ellos desde su nacimiento y estaban bien domesticados. Su afilado sentido del peligro los hacía inestimables para quienes se aventuraban a salir del Muro.

–Pluma... –dijo Cereza con voz temblorosa–. No estarás pensando en huir al Bosque, ¿verdad?

–Bueno, si fuera a hacerlo, ¡no te lo diría! –le espetó.

Su respuesta fue cruel. Echó un vistazo a la puerta justo a tiempo de ver la cara contraída de su hermana, con lágrimas en los ojos, antes de darse la vuelta y echar a correr.

Pluma se sentía culpable, pero necesitaba librarse de Cereza antes de sacar el objeto escondido para ponerlo en el bolsillo de la chaqueta con la que salía al exterior. Su hermana solo tenía siete años, pero gozaba de una sorprendente vista de lince.

–Se lo compensaré –le dijo a Lustroso.

El espacio junto a la poterna se mantenía despejado a propósito. Las paredes y los suelos se habían sellado con fuego y sustancias químicas. Otros cuatro recolectores y tres machetes-rasqueta estaban preparados con su equipo de salida. La puerta externa se abría lo menos posible, así que el centinela solía esperar hasta que los de ese turno estuvieran reunidos antes de aflojar los tornillos.

–¿Estáis todos los que vais a salir? ¡Poneos en fila!

La pequeña puerta se abrió un poco y los recolectores madrugadores se apresuraron a cruzar por el hueco de uno en uno. Pluma fue hacia el estrecho saliente en el exterior y parpadeó por la brillante luz de primera hora del día. El mundo estaba aún despertándose, pero ya olía los embriagadores e insidiosos aromas de la vegetación del Bosque, como si fueran el aliento de una gran bestia.

Mientras trepaba por la fachada exterior del Muro con Lustroso al hombro, a Pluma se le levantó el ánimo, como de costumbre, aunque supiera que estar ahí fuera suponía un peligro. La seguridad era oscura y claustrofóbica; en cambio, el peligro era salvaje, fresco, brillante y espacioso. Llevaba años buscando alimento en el exterior y conocía cualquier punto de apoyo para las manos y los pies, cubierto de rocío en aquella vieja piedra con siglos de antigüedad.

Como siempre, estaba alerta por lo que pudiera pasar. No había águilas gigantes en el cielo. No olía a polen venenoso. No se oía el zumbido de nuevos nidos de avispas. No había encontrado serpientes entre las grietas que estuvieran esperando una mano descuidada.

Debajo de ella, el Muro caía treinta metros hasta desaparecer en el mar de árboles en su base. La vegetación había reclama-

do la parte inferior de la mampostería, ahora aterciopelada por el musgo, mientras las enredaderas se abrían paso hacia arriba y los árboles jóvenes descarados brotaban por las grietas. Algunas zarzas nuevas habían escalado más por la noche, ascendían hacia la parte superior habitable del Muro y los machetes-rasqueta ya estaban bajando para cortarlas.

El Bosque se extendía hasta donde alcanzaba la vista, vivo en su cacofonía de verdes. Ondulaba sobre colinas ocultas como grandes olas de un mar falso. El viento mandaba un sedoso escalofrío entre follaje y los pájaros volaban sobre él en bandadas.

El ojo entrenado de Pluma distinguía el siseo de los arces de los madroños, los antiguos triquiteros, las ahogaderas y los sauces marchitos. Los veía todos los días y podía identificar cualquier mínimo cambio. Percibía un empuje lento pero crucial. Parecía que la gran masa que formaban avanzara inexorablemente como un ejército.

Desde luego, era justo eso lo que hacían.

El Muro se había construido para frenar la invasión extraña y voraz del Bosque, para proteger los pueblos y las ciudades de las llanuras. Lo había logrado durante mucho tiempo, pero al final lo había vencido. La vegetación había encontrado puntos débiles en el Muro y se había abierto camino por ahí. Ahora no había más que

bosque y solo bosque por todos lados, y el único lugar donde las personas podían vivir era en el Muro.

En la parte superior, a las almenas de piedra se habían añadido varios pisos de plataformas y estructuras de madera. Allí se hallaban las pasarelas cubiertas, los embudos que recogían el rocío, las zumbadoras colmenas, las trampas para pájaros y los cabestrantes de madera.

Pluma saltó a la plataforma inferior junto a los demás recolectores e intentó no dejarse vencer por la impaciencia.

–¡Escuchad! –Lluvia tenía veinte años y siempre trataba a los recolectores más jóvenes con la superioridad de un hermano mayor–. ¡Estamos casi en la temporada de cría de las víboras, así que fijaos dónde ponéis las manos!

Pluma sabía que antes el año combinaba un vasto ciclo de florecimiento; luego, calor y crecimiento, fertilidad, seguido por el marchitamiento, y un largo y frío periodo improductivo. Costaba imaginarlo. Ahora ya no era así.

La gran rueda del año expuesta en el salón del jefe mostraba montones de imágenes por todo el borde que representaban las diferentes estaciones. Elevadas temperaturas y saltamontes. Siete noches de tormentas. La temporada de recolección del lino. Las bayas silvestres plateadas. Las noches largas. Incluso la intensa y breve escarcha de la estación del lobo solo marchitaba las hojas y los tallos durante unas horas como mucho.

–¡Yo me encargo de la Cascada! –dijo Lluvia, como siempre. Era el nombre que se le daba a un tramo del Muro donde las piedras estaban sueltas y la búsqueda de alimento era difícil.

–¡Yo, de la Climapiedra! –se apresuró en gritar Pluma; y después se preguntó si había sonado demasiado ansiosa. Pero nadie parecía receloso, ya que era su zona habitual.

Tras una carrera rápida por la pasarela, empezó a bajar por la Climapiedra mientras notaba las pequeñas garras de Lustroso, que trataba de aferrarse mejor a su hombro. Estaba orientada al sur, por lo que nunca recibía luz directa del sol. Los nidos de serpientes a menudo infestaban las grietas y a Pluma se le daba bastante bien sacar los delicados huevecitos de las hendiduras mientras vigilaba que no aparecieran los padres. Sin embargo, en ese instante no buscaba huevos. Bajaba y bajaba, ignorando los grandes trozos empapados de musgo comestible, y pasó junto a un racimo de diminutas bolas de nieve grises sin ni siquiera verlas.

Cuando llegó al hueco artificial seis metros más abajo, se le cayó el alma a los pies con un repentino miedo a la decepción. ¿Y si encontraba ese espacio vacío?

Pero, cuando bajó al hueco, encontró la hamaca todavía colgada, con una figura tumbada en ella y arropada con una manta de lino hasta la barbilla. El desconocido seguía allí.

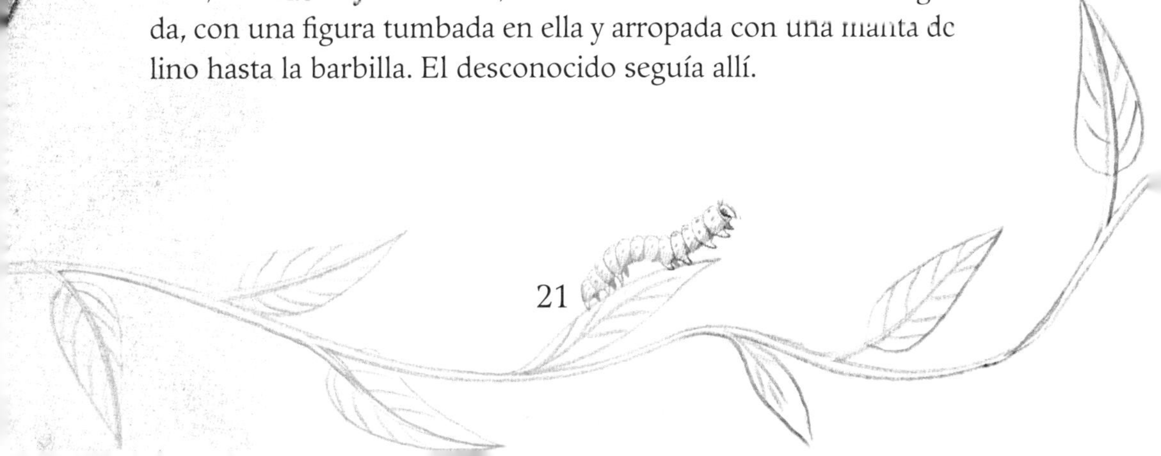

MERILDUN

Hasta el día anterior, Pluma jamás se había topado con un desconocido.

El Muro medía kilómetros de largo y estaba muy deteriorado. El tiempo, las heladas y las raíces del Bosque que se agarraban con fuerza habían fracturado su estructura de tal modo que solo quedaban intactos algunos tramos. Otros estaban medio destrozados y no eran habitables.

La comunidad de Pluma vivía en una parte del Muro llamada la Puerta del Hombre Gris. Ahora nadie recordaba quién había sido el Hombre Gris y la puerta en sí misma se había perdido entre la vegetación, pero lo que todo el mundo sabía era que el pueblo de la Puerta del Hombre Gris había cumplido con su deber manteniendo intacta su parte del Muro y defendiendo esa entrada. En otras zonas habían fracasado y el Bosque los había invadido. Grietas como esas los habían separado del resto del Muro.

A menudo Pluma se quedaba donde terminaba su tramo y donde las almenas daban paso a una peligrosa y deteriorada pendiente. Más allá el Muro era una ruina ondulada e irregular, como si una boca gigantesca le hubiera dado grandes mordiscos. A lo lejos, solo podía distinguir lo que parecía ser otro tramo intacto del Muro, pero creía que era tan inaccesible como una isla remota.

Nadie viajaba por el Muro, o eso pensaba ella.

Cuando tocó con los pies la mampostería, el Desconocido se incorporó deslumbrado y medio despierto. Luego parpadeó y pareció reconocerla. El rostro adormilado se le relajó con una sonrisa. Tal vez fuera de la misma edad que la madre de Pluma, pero sin las manos chamuscadas propias de una herrera. Tenía una constitución enjuta, como la mayoría de recolectores y machetes-rasqueta que ella conocía.

Sin embargo, eran las diferencias las que le fascinaban: sus curiosos giros idiomáticos, sus conocimientos aún más extraños y el corte raro de sus botas de piel de ardilla. Le había dicho que se llamaba Merildun, que era más bien una simple colección de sonidos y no el nombre de algo escogido por fortuna.

–¡Has vuelto!

Parecía contento y aliviado por verla, sobre todo cuando ella le dejó beber de su cantimplora.

–¡No he podido conseguir papel! –se apresuró a confesar Pluma.

–Da igual. Era solo para practicar, así que esto servirá. –Le enseñó un gran pétalo seco y blanco–. ¿Has traído el cristal?

Pluma sacó del bolsillo el catalejo del jefe con vergüenza y culpabilidad.

Era uno de los objetos más valiosos de la Puerta del Hombre Gris. E irremplazable. «Es de cristal –le había dicho su madre–, y de un cristal especial. Si al jefe se le cayera y se rompiera, no podríamos hacer otro igual».

Era el instrumento que el pueblo de Pluma utilizaba para advertir los problemas que se avecinaban, y en la Puerta del Hombre Gris los había con demasiada frecuencia. Quizá la entrada perdida había sido antaño una poderosa barrera de madera que se abría tan solo para dejar pasar a humanos y carretas, pero no cabía duda de que hacía mucho que había sucumbido al tiempo, a la putrefacción y a las enredaderas. Ahora se veía un gran agujero arqueado en algún lugar entre los árboles y las rutas migratorias de muchas bestias lo atravesaban.

A veces los grandes escarabajos rinoceronte cruzaban el Bosque retumbando y muchos, al no ver la entrada, golpeaban a ciegas la base del Muro con suficiente fuerza para que cayeran los trepadores. También estaban los cancrociervos, que inundaban el aire con su aliento venenoso. O un torrente de hocicos chillones, que atraían a depredadores a kilómetros de distancia como los gatos voladores, las aves rapaces y las arañas cazadoras grises plateadas.

El catalejo podía usarse para localizar los azotes distantes del dosel arbóreo, columnas de vapor o criaturas que correteaban a lo lejos y saltaban entre el follaje. Proporcionaba preciados y necesarios minutos para prepararse ante los peligros que corrían hacia ellos. Siempre se guardaba en una caja abierta en la habita-

ción del jefe, donde no se caería de la mesa y se encontraría enseguida. No estaba escondido ni bajo llave, porque nadie robaba en la Puerta del Hombre Gris. Al menos, hasta ahora.

–No muerde –dijo Merildun, guiando las manos nerviosas de Pluma sobre el cilindro de latón moteado–. Sostenlo así, en un ojo, y cierra el otro. Gira esta parte hasta que se enfoque la visión.

Pluma hizo lo que le indicó, dirigiéndolo hacia un punto alejado donde una torre de ladrillo rojo en ruinas asomaba entre las copas de los árboles. Se había quedado mirando en aquella dirección miles de veces, pero, al girar el cilindro metálico que tenía en las manos, la torre de pronto apareció con una claridad sorprendente. Podía distinguir unas ventanas arqueadas vacías y el contorno oscuro de lagartos del tamaño de un hombre tomando el sol encima del enladrillado.

–Creo que esa era la torre de vigilancia de Granona –dijo Merildun–. ¿Y ves esas columnas grises a unos kilómetros de distancia? Probablemente sean las que alzaban el acueducto de Pozas Críticas: una ciudad de buen tamaño antes de que el Bosque se la tragara.

Resopló riéndose.

–¿Qué te hace tanta gracia?

–La gente –contestó Merildun–. Es muy graciosa. ¿Sabes que este Muro antes era mucho más bajo, pero tuvieron que levantarlo conforme iba creciendo el Bosque? Los pueblos y las ciudades allí, en las llanuras, tuvieron que pagar por ello y enviar a personas para que trabajaran en él. Y no les gustó. Hubo revueltas y fuertes discusiones. El Muro estaba dividido entre distintas localidades y líderes, que se acusaban unos a otros de atesorar el dinero en vez de gastarlo en reparaciones. Y así fue: las brechas aparecieron.

–Pero ¿de quién fue la culpa? –preguntó Pluma mientras le acariciaba distraídamente la cabeza a Lustroso.

–De otros. –Merildun sonrió con amargura, lo que provocó que a Pluma le gustara y no le gustara al mismo tiempo–. ¿No te has enterado todavía? Cuando algo malo pasa, siempre es culpa de otro.

–¿Cómo sabes todo eso? –inquirió Pluma fascinada.

–Porque provengo de la Fortaleza de Papel –respondió Merildun–, donde se guarda el viejo archivo del Muro. He leído todas las cartas de las disputas. También había un mapa mural, muy grande, de una época anterior a la quiebra del Muro. Fue lo que me indujo a caminar por él y, gracias al mapa, descubrí que zigzagueaba hasta el mar. ¿Sabes lo que hay al otro lado del agua?

Pluma negó con la cabeza. Había oído hablar de la gran charca conocida como mar y que se extendía hasta el horizonte.

–Tierra –reveló Merildun–. Más tierra. Y no sé qué hay allí. A lo mejor solo nos espera la muerte a los humanos. O quizá sea un lugar sin Muro que nos mantenga por encima del Bosque. Incluso puede que allí no exista el Bosque.

Todo lo que decía sonaba fantástico e irreal. El mar era poco más que un mito y la idea de cruzarlo para llegar a otro lugar era un sueño pueril. Pero al lado de Pluma había un hombre que había recorrido a pie el Muro, así que cualquier cosa era posible.

–Bueno, ¿por dónde te gustaría explorar? –preguntó mirándola con una sonrisa.

Pluma se sonrojó. Durante su conversación el día anterior, lo había acribillado a preguntas atropelladas sobre su viaje y luego le había pedido que le ayudara a dibujar un mapa. Le agradaba el hecho de que la tratara como una compañera exploradora, aunque la realidad probablemente lo decepcionaría.

–El mapa no es para mí –admitió la chica–. Nadie nos cuenta nada, pero me parece que el jefe tiene pensado enviar a algunas personas a las viejas ciudades en busca de metal. –Señaló las ruinas a lo lejos y le vinieron a la cabeza todos esos miedos persistentes–. Creo… creo que nos estamos quedando sin él.

Su madre era una buena herrera y se las ingeniaba para reconvertir trozos rotos en nuevas herramientas, pero cada vez había menos reservas de metal. Se había oxidado, o desgastado al pulirlo, o a alguien descuidado se le había caído al mar de vegetación hambriento.

Pluma no sabía a quién iban a enviar. Quizá a Lluvia, que probablemente se ofreciera voluntario por lo estúpido y lo valiente que era. O al viejo Ascua, uno de los últimos supervivientes de la última expedición, hace diez años. O la propia madre de Pluma, que tenía buen ojo para el metal.

–Estarán en el Bosque, rodeados de lo que intentará envenenarlos y matarlos; y, si se pierden, morirán –dijo–. Pero un mapa los ayudaría, ¿no?

–Será mejor que nada una vez que el Bosque tape el cielo. –Merildun frunció el ceño con aire meditabundo–. Vale, te diré cómo hacer un mapa. Todo es cuestión de triangulación. Te fijas en una de esas ruinas desde aquí, luego desde otra parte del Muro y marcas el ángulo en las dos ocasiones. ¡Así sabrás lo lejos que está!

Pluma se quedó mirando el triángulo que había dibujado en el polvo y no entendió nada en absoluto.

–Mira, te lo enseñaré. –Merildun cogió el catalejo de las manos de Pluma y se puso en pie para acercarse a la cornisa–. Ven, ponte a mi lado y céntrate en esa torre.

Pluma fue hasta él y entrecerró los ojos para fijarse en la torre a lo lejos.

–¿La ves? –preguntó Merildun en voz baja, justo detrás de ella.

Pluma asintió con la cabeza. Estaba abriendo la boca para hacer una pregunta cuando un violento empujón por la espalda le quitó el aliento. Se inclinó hacia la nada y cayó.

TRAIDOR

Fue un despertar lento y difícil. Le dolía todo, no se le abrían los ojos y le escocía la piel como si le pincharan un montón de agujas al rojo vivo. Con un esfuerzo colosal, Pluma consiguió quitarse los filamentos grisáceos y pegajosos que le cubrían la cara.

Estaba tumbada en una incómoda postura sobre uno de los pequeños árboles que brotaban en el lateral del Muro, blanco por la espesa tela de una araña que habitaba en las copas, donde se había quedado atrapada. En ese momento, las crías del arácnido le mordían la piel e intentaban alimentarse de ella. Pluma se las quitó a manotazos de la cara y de las extremidades mientras decía palabrotas y salió de la telaraña con dificultad. Se arrastró por el fino tronco hasta llegar de vuelta al Muro; tan solo se detuvo para recuperar el aliento cuando apareció un saliente de piedra bajo los dedos de sus pies.

–¿Lustroso? –llamó a su compañero.

Para su alivio, vio al pequeño hurón posado sobre un nudo de enredaderas a unos tres metros por encima de ella; emitía el sonido «¡tsss, tsss!», que indicaba que estaba asustado. Debía de haber saltado de su hombro durante la caída.

Sobre ella se cernía la cara de la Piedra del Tiempo, pero nunca la había visto desde un ángulo tan bajo. Justo encima vio los retoños castigados y los arbustos rotos que habían amortiguado su caída.

Se acordó de Merildun y de cómo la había empujado por la espalda.

Pluma estaba acostumbrada a que el Bosque intentara matarla: serpientes, águilas gigantes, espinas venenosas y huracanes. Eso era normal. Pero la desconcertaba que una persona hubiera intentado matarla. Merildun, en cambio, la había empujado hacia el abismo, consciente de que había muchas probabilidades de que la caída acabara con su vida.

«¿Por qué? ¡Éramos amigos! ¡Me encontraba simpática!».

¿O no era así? Aturdida, Pluma recordó las primeras conversaciones con Merildun y se dio cuenta de la habilidad con que la había convencido para que no les hablara a sus amigos de él. ¡Cuánto la había entusiasmado tener un secreto! Le había dicho que continuaría su camino tras pasar allí una noche, pero entonces ella había mencionado el catalejo de pasada, al hombre se le habían iluminado los ojos y después había cambiado de planes...

Claro. El catalejo. Con eso podría ver cuándo se acercaba el peligro mientras viajaba por el Muro. O buscaría rocas y costas lejanas cuando navegara por el mar.

«Eso era lo único que quería de mí y ya lo tiene».

El auténtico horror de la situación caló en la mente de Pluma. El catalejo había desaparecido. Y en la Puerta del Hombre Gris lo necesitaban para sobrevivir.

¿Qué podía hacer ? ¿Volver corriendo a casa y contarlo? ¿En qué ayudaría eso? Todo el mundo se pondría a discutir, nadie iría tras Merildun y el catalejo se perdería para siempre. La Puerta del Hombre Gris perdería una de sus mayores protecciones y la culpa sería suya.

Si regresaba sin el catalejo, la tacharían de ladrona. El peor tipo de traición. Tal vez incluso no le permitirían entrar de nuevo en el Muro.

–Tengo que recuperarlo –dijo en voz alta, temblando–. Tengo que encontrar a ese hombre y devolver el catalejo.

No había tiempo que perder. Merildun había dicho que se dirigía hacia el mar. Si no había mentido, eso significaba que iría hacia abajo.

Pluma continuó contemplando el boquete en el Muro, la pendiente desmoronada y los escombros cubiertos de enredaderas que había más allá. Después, con cuidado, dio el primer paso fuera del territorio de la Puerta del Hombre Gris para emprender su descenso.

«Si no regresas –susurró una vocecilla en su cabeza–, los demás creerán que fuiste tú quien robó el catalejo y huyó con él. Y Cereza pensará que te marchaste odiándola».

Continuó andando, tratando de acallar el pensamiento.

La parte rota del Muro bajaba hasta la mitad de su altura intacta, con grandes fracturas esporádicas que llegaban hasta los árboles. Ningún machete-rasqueta salía allí, así que las enredaderas reptaban libremente.

Pluma se metió con cuidado entre las enredaderas y las hojas le azotaron las rodillas. No le gustaba estar rodeada de tanta vegetación, incapaz de verse los pies. Se estaba levantando viento, que agitaba las hojas de las enredaderas. Sin embargo, cuando el viento se calmó, las hojas a su alrededor continuaron temblando y silbando.

«¡Tsss! ¡Tsss!», siseó Lustroso en su hombro, con el lomo escamado arqueado.

Algo se deslizó por encima del pie de Pluma, la chica chilló y se abrió camino entre las enredaderas hasta llegar a una losa por la que poder trepar. Al bajar la vista, distinguió algo diminuto, dorado y verde, que serpenteaba bajo el follaje.

«La temporada de cría de las víboras». Por poco se había olvidado de la advertencia de Lluvia.

No quedaba más remedio. Pluma se lanzó hacia otra roca despejada y continuó saltando de piedra en piedra, estremeciéndose cada vez que aquellas culebrillas se deslizaban por sus botas.

Al cabo de muchas horas, el sol comenzó a ocultarse y ella todavía estaba subiendo y bajando por el Muro roto. Ya no le quedaba agua en la cantimplora. Le picaba la piel por las mordeduras de las arañas y los roces de las espinas. Estaba agotada, pero no se atrevía a parar en ningún lugar cubierto de vegetación.

Tenía tanta hambre como para arriesgarse a comer unas bayas jugosas de un tono dorado oscuro, cuidándose mucho de escupir cualquier semilla que se encontraba. Se decía que quien se las comía enteras había aparecido muerto a la mañana siguiente con tallos jóvenes y fuertes brotando de la nariz y la boca.

Lustroso tuvo mejor suerte. A veces, sin previo aviso, saltaba del hombro de Pluma, desaparecía entre el follaje y reaparecía al cabo de unos instantes masticando un lagarto pequeño o una gran libélula.

De vez en cuando, Pluma tenía que saltar grietas profundas del Muro llenas de sombras. En una ocasión perdió el saliente que tenía delante y tuvo que agarrarse a una planta trepadora para evitar caerse. Unos escarabajos iridiscentes salieron de entre el follaje mientras ella se deslizaba por la enredadera y arrancaba con los guantes las hojas verde oscuro. Cuando se detuvo, colgando sobre la grieta, necesitó balancearse como una desesperada antes de encontrar un punto de apoyo para los pies y poder escalar de nuevo.

Conforme avanzaba, iba dibujando como buenamente podía un mapa sobre un viejo trozo de corteza para recordar los peligros durante el camino de vuelta…, suponiendo que regresara.

¿Qué había dicho Merildun sobre viajar por las partes rotas del Muro?

«Lo más difícil es encontrar un lugar seguro donde pasar la noche, que esté alto y sin vegetación o donde te puedas defender».

Justo cuando el sol se estaba poniendo, Pluma vio que el Muro se elevaba hasta un único punto frágil: tal vez los restos de una antigua torre de vigilancia, cuya parte superior estaba en su mayoría libre de vegetación. Con las piernas y los brazos doloridos,

subió como pudo agarrada a las enredaderas. Al entrar por una de las ventanas arqueadas, de repente se preguntó si se encontraría allí dentro a Merildun, preparado para tenderle una emboscada.

En cambio, lo que halló fueron las ruinas de una habitación cuadrada llena de escombros, gravilla y hojas secas. Hacía mucho tiempo que el tejado se había hundido y dejaba ver un cielo que oscurecía. Una brisa húmeda y perfumada entraba por las ventanas. En un rincón había un viejo horno de piedra que parecía lo bastante grande para que ella cupiera.

Pluma cortó todas las enredaderas que se colaban por las ventanas y luego se acurrucó en el horno, donde se sumió en un profundo sueño.

Lustroso temblaba mientras sentía el Bosque a su alrededor.

Sus ojos negro cobrizo y sus orejitas grises eran las únicas partes de él que no estaban cubiertas de escamas, y ambas eran extremadamente sensibles. No veía tantos colores como la Chica Cálida, porque su mundo estaba dividido entre lo que era verde y lo que no. Pero incluso en la oscuridad percibía miles de tonos verdes que ella jamás podría imaginar y su aguda alma conocía la naturaleza de todos ellos… Verdes opacos que se soltaban de la vida. Verdes pacientes y venenosos. Verdes jóvenes, brillantes y aventureros. Verdes frondosos, con la savia relajada. Verdes resplandecientes, rebosantes de vida airada. Ahogaderas oscuras y motas acechantes.

También oía más que la Chica Cálida. No entendía el grave estruendo de las voces humanas, pero sí distinguía el sonido de las vainas al abrirse, el grito de un ave a lo lejos o el gañido de un zorro. La naturaleza le había permitido comprender el peligro. Sabía que no estaba nunca a salvo, solo que la dimensión del peligro cambiaba de un momento a otro.

En todas las direcciones oía algo que se escabullía, furioso, chirriaba y rechinaba, susurraba y raspaba, bufaba y correteaba. Era el sonido sigiloso e incesante del movimiento del Bosque por la noche: las raíces que hurgaban en la argamasa, las espinas que se desenvainaban, la piedra que se agrietaba y las hojas que se frotaban las unas contra las otras.

Yacía plano, temblando, observando la oscuridad y las formas sinuosas que entraban deslizándose despacio por las ventanas arqueadas, acercándose cada vez más…

«¡Tsss! ¡Tsss!», siseó como advertencia. Y luego, por la desesperación, le mordió la oreja a la Chica Cálida.

La joven se incorporó con un chillido al darse en la cabeza con el techo del horno y luego se sacudió presa del pánico para arrancar las enredaderas que empezaban a enroscársele en las piernas y el torso. Ella permaneció despierta el resto de la noche y Lustroso se quedó de forma protectora en su regazo.

Adormilada por la falta de sueño y con dolor de cabeza debido a la deshidratación, se esforzó por continuar avanzando en cuanto salió el sol.

Una hendidura profunda en la piedra se había llenado de agua de lluvia, así que Pluma ahuyentó a los cuervos de cabeza roja que intentaban beber de allí y rellenó su cantimplora. Esperó que no estuviera estancada ni llena de huevos de insectos.

El Muro roto se curvaba a un lado y a otro, por lo que costaba orientarse. Hacía tiempo que había perdido de vista el tramo de Muro intacto que creyó haber distinguido desde la Puerta del Hombre Gris. Tal vez no estaba completo, después de todo, y lo único que vio era más Muro roto y abandonado, como el que tenía bajo los pies.

Aquella noche encontró la coraza vacía de un escarabajo enorme y durmió dentro de ella. Cuando empezó a llover, las gotas repiquetearon en la quitina como tamborileros en un desfile fantasmal. Por la mañana, se encontró la coraza envuelta en enredaderas y tuvo que cortarlas con el cuchillo para poder salir de allí.

Aquel caparazón le recordaba a los grandes escarabajos rinoceronte que a veces cruzaban la Puerta del Hombre Gris y hacían temblar las piedras. Intentó acordarse del orden de las estaciones en la rueda del año expuesta en el salón del jefe. ¿Habrían empezado ya las grandes migraciones? ¿Estaban sus amigos de casa en peligro, sin el catalejo que los protegiera? Se desperezó y arrancó un trozo del caparazón del escarabajo para marcar su siguiente fragmento del mapa.

El día estaba nublado y caía una llovizna persistente. Todo estaba cubierto de vegetación y de charcos y resbalaba. Lustroso se refugió en la bolsa de recolección de Pluma. En las enredaderas se abrieron unas flores grandes y carnosas y la niebla leonada se cernió sobre todo.

A cada paso que daba, las frías dudas se filtraban en la mente de Pluma como las gotas de lluvia por el cuello de su camisa. ¿Dónde estaba Merildun? ¿Por qué no lo había visto aún, ni siquiera desde los sitios con buena panorámica? ¿Por qué no había encontrado ninguna señal de su paso, ni siquiera una huella o un tallo roto? ¿De verdad le sacaba tanta ventaja? ¿O…?

«A lo mejor me mintió y no viajaba hacia el mar. A lo mejor voy en la dirección equivocada. A lo mejor esto es tierra de nadie y moriré aquí en vano».

EL ÚLTIMO BASTIÓN

Cuando anocheció, Pluma tenía la cabeza embotada por el agotamiento y la falta de comida. Una suave brisa soplaba la llovizna hacia sus ojos y le dificultaba ver. Sin embargo, el Muro que se desmoronaba a sus pies ascendía y la esperanza le devolvió el obstinado redoble al corazón.

¡Sí, a lo lejos veía algo! ¡Un tramo de Muro alto e intacto, rematado por unas almenas! La parte superior se hallaba libre de vegetación. Un movimiento semejante al de unas alas atrajo su mirada y advirtió que unas banderas desgarradas ondeaban en las almenas.

«¡Gente! ¡Allí tiene que haber gente!». Pluma subió la cuesta a gatas, frenética por la esperanza.

–¡Holaaa! –gritó forzando la garganta seca.

Aparecieron unas cabezas por las almenas. ¡Eran personas vivas y reales! Pluma oyó que se alzaban unas voces humanas, aunque no parecían responder a su llamada.

–¡Es otro fantasma! –decía una voz masculina–. ¡Id a por los faroles!

Sonaron unos pies corriendo y luego apareció una figura en las almenas, moviendo un farol, que por lo visto era una vela dentro de un nido de avispa papelera.

–¡Vete! –gritó aquel desconocido–. ¡Regresa a tu tumba!

–¡No soy un fantasma! –respondió Pluma desconcertada–. ¡Vengo de más arriba en el Muro!

–¡No hay nadie más viviendo en el Muro, ni en ninguna otra parte! –contestó la figura–. ¡Somos el último bastión de la humanidad!

–¡No es cierto! –dijo Pluma con voz ronca, sin estar segura de cómo manejar esa conversación.

–¡Ay, pobrecita! –se lamentó una mujer–. ¡Es una niña fantasma! ¡Qué joven! ¡Y ni siquiera sabe que está muerta!

–¿Me dejáis subir? –pidió Pluma–. ¡Estoy muy cansada, tengo hambre y sed y no quiero quedarme aquí cuando se haga de noche!

Sonó una intensa discusión antes de que la mujer hablara de nuevo.

–Muy bien, sube aquí a descansar un poco. Pobre alma en pena.

O

El pueblo del Último Bastión, puesto que así habían llamado a su tramo del Muro, había construido un gran monumento de madera a los muertos. Por suerte, era hueco, y los guardias del anochecer supusieron que Pluma querría dormir allí dentro. Había unas cuantas víboras recién nacidas escondidas en el interior, pero Lustroso acabó con ellas enseguida.

El monumento era estrecho y olía al humo perfumado de los faroles, pero al menos estaba cerrado. Los guardias incluso le dieron unas galletas, fruta y agua, y no parecía resultarles extraño ver a un fantasma devorando la comida. Al fin y al cabo, todo en el Bosque estaba hambriento. ¿Por qué deberían ser diferentes los espíritus?

–El último fantasma se fue corriendo con agua y un cesto de moras –explicó la centinela del anochecer, que era la única persona dispuesta a hablar con Pluma.

–¿Qué? –preguntó la chica de inmediato, a pesar del cansancio–. ¿Qué otro fantasma? ¿Cuándo?

–Era el fantasma de un hombre, fue hace unas tres horas –respondió la centinela del anochecer–. Yo misma lo vi corriendo por las almenas.

«Merildun. Tiene que haber sido Merildun».

Pluma se tambaleó por el alivio. Después de todo, no se había equivocado de dirección. Iba tras los pasos de Merildun.

Tan solo le llevaba tres horas de ventaja. Durante un instante, a Pluma se le pasó por la cabeza levantarse y partir en su búsqueda. Pero estaba demasiado cansada y débil y ya estaba oscureciendo.

La centinela del anochecer miró hacia el cielo.

–Los vivos necesitamos entrar ahora en el Muro –dijo en un tono amable y maternal–. Espero que encuentres tu descanso eterno.

Pluma intentó protestar de nuevo, insistir en que no estaba muerta, pero el agotamiento y la confusión no le permitieron hablar más. Tal vez aquellas personas tenían razón.

«Quizá morí cuando Merildun me empujó –pensó adormilada–. Quizá crea que sobreviví, pero no fue así».

Decidió dejar de preocuparse por ello y se quedó dormida.

Los guardias del alba del Último Bastión también fueron amables, pero prudentes. Le dieron a Pluma unos huevos duros e hidromiel antes de que se marchara, pero insistieron en que se fuera y agitaron los faroleshechos de nidos de avispa en su dirección hasta que consiguieron echarla.

Pluma se alejó renqueando. Bajo el sol brillante de la mañana, tuvo la certeza de que no estaba muerta. Tan solo los vivos podían sentir tal agotamiento y tener el cuerpo lleno de moratones. La ropa le apestaba al humo de los faroles, pero por primera vez no se había despertado con picaduras de insectos.

El Último Bastión era un largo tramo del Muro bien conservado. Estaba repleto de lápidas en miniatura, banderas sombrías y efigies deterioradas por las inclemencias del tiempo que conmemoraban la humanidad «perdida» e inundaban de tristeza aquel lugar. Aquellas personas creían que estaban totalmente solas y Pluma deseó poder convencerlas de lo contrario.

Sin embargo, ahora sabía con seguridad que seguía el camino de Merildun y, si se daba prisa, a lo mejor lo alcanzaba.

«¿Y, entonces, qué?».

La idea por poco le hizo tropezarse. Merildun era más grande y más fuerte que ella; además, estaba dispuesto a matar. La chica había temido tanto perderlo que no había pensado qué haría si lo encontraba.

«Ya se me ocurrirá algo», se dijo.

Pronto volvió a subir y bajar tramos de Muro roto y las banderas lánguidas del Último Bastión desaparecieron a su espalda. Zigzagueaba, lo que hacía más difícil trazar el mapa.

A veces la parte superior irregular del Muro roto bajaba tanto que las copas de los árboles se hallaban a escasos seis metros. Pluma se ponía nerviosa ante dicha proximidad, en especial al oír el zumbido de un nido de avispas o al ver una serpiente de color dorado claro deslizándose por una rama larga. A primera hora de la tarde, no obstante, su ruta ascendió de nuevo y cada vez era más empinada. Cuando llegó a la cumbre vio algo que la detuvo en seco.

Delante de ella, abarcando casi toda la anchura del Muro, había un enorme nido plagado de ramas de árboles jóvenes y enredaderas muertas. En el centro se alzaba una grulla marrón e inmensa, de más de tres metros de altura. El pico medía medio metro y parecía terriblemente afilado.

Pluma se quedó inmóvil. El ave gigantesca no mostraba signos de haber advertido su presencia. Contemplaba el Bosque muy quieta.

Entonces se dio cuenta de que Lustroso no estaba tenso ni temblaba y comenzó a percatarse de lo que ocurría. Siguió avanzando con cuidado hasta distinguir las marcas del cincel en la cara del ave y los clavos que sujetaban el cuerpo a las patas de palo.

La enorme grulla estaba compuesta de cientos de trozos de madera pegados a un armazón de mimbre.

–¿Hola? –dijo con cautela.

Un ser humano debía de haber elaborado aquella estatua. Las criaturas del Bosque a veces eran tan ingeniosas que resultaba estremecedor, pero dudaba de que hubieran llegado tan lejos como para dominar la carpintería.

Dio unos cuantos pasos más con sigilo. Había cuatro huevos en el nido, que parecían también de madera. Se inclinó hacia delante para dar unos golpecitos sobre uno de ellos…

… y, tras un chasquido y un crujido, le cayó encima una red.

–¡La tenemos! –gritó alguien desde más arriba–. ¡Tenemos a la ladrona!

CAZADORES Y PRESA

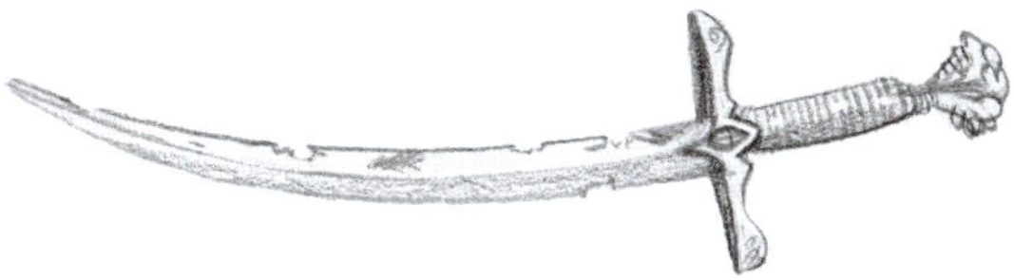

Pluma forcejeó para librarse de la red y trató de agarrar su cuchillo. Sin darse cuenta, había pisado una palanca oculta entre la maleza, una versión más grande de las trampas para pájaros que usaban en la Puerta del Hombre Gris. Lustroso podría haber salido de la red, pero decidió meterse entre su ropa.

Varias personas bajaban corriendo por la pendiente del Muro roto. Iban vestidas con prendas de cuero bueno, confeccionadas con grandes trozos de piel de algún animal que no identificaba. Cuando se acercaron, la chica advirtió que no agitaban garrotes, sino que empuñaban espadas. Espadas de verdad, que solo había visto en dibujos.

La apresaron y le quitaron el cuchillo de la mano antes de que pudiera cortar la red y escapar. Se resistió, pero eran demasiados, y no pudo evitar que le arrancaran su cinturón y su equipaje. Luego se la llevaron a ella, envuelta en la red, en la dirección en la que viajaba. No tardó en ver otro tramo intacto del Muro, cuyas almenas estaban adornadas con grandes trozos de cuero y pieles que habían dejado allí para que se secaran al sol.

–¡Tenemos a la ladrona!

Los captores de Pluma la llevaron a la parte superior del Muro y la tiraron a los pies de un hombre alto con dos espadas en su cinturón. A juzgar por su magnífico sombrero de piel de serpiente dorada, se trataba del líder.

Con rapidez, la agarró por el pescuezo y la arrastró por un gran charco hasta un barril enorme.

–¿Ves lo que has hecho? –gritó, señalando un agujero abierto cerca de la base del barril–. ¡Nos hemos quedado casi sin agua!

Pluma supuso enseguida lo que había ocurrido. Se imaginó a Merildun subiendo a hurtadillas hasta el gran barril, perforándolo por un lateral para rellenar su cantimplora y huyendo después sin importarle las consecuencias.

–¡Yo no he sido! ¡Pero si acabo de llegar!

–Así que da la casualidad de que otro intruso pasó por aquí antes que tú, ¿no? –dijo el jefe con desprecio.

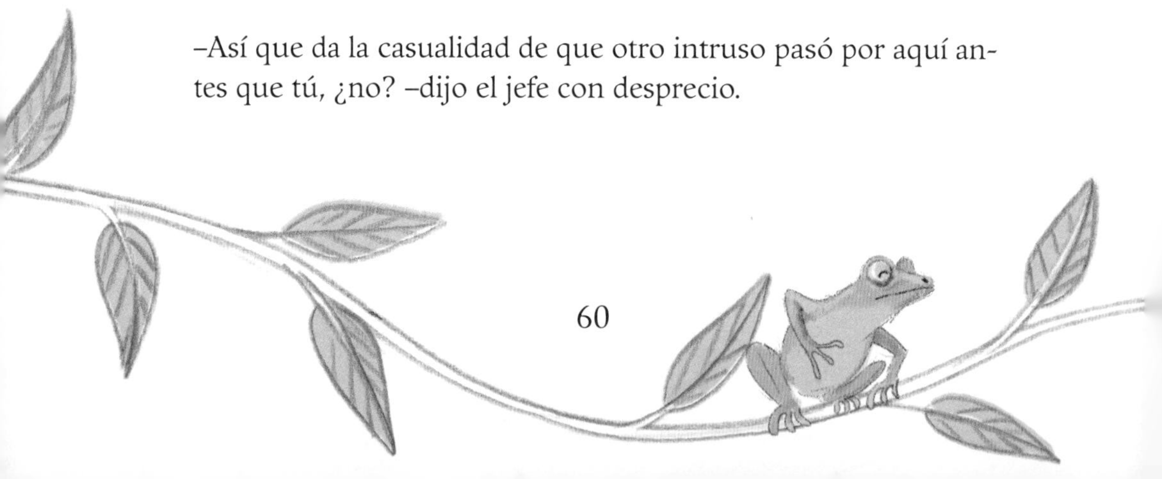

–¡Sí! –respondió Pluma–. ¡A mí también me ha robado! ¡Se llama Merildun y llevo días siguiéndolo por el Muro!

–¡Bueno, pues, gracias a ti y a tu amigo, nos queda poquísima agua hasta la próxima lluvia! –gritó el jefe.

–¿Y qué hay de vuestros canales de rocío? –preguntó Pluma.

–¿Nuestros qué?

–¡Los canales para recoger el rocío de la mañana! –Pluma se dio cuenta de que todos la miraban–. ¿Solo usáis el agua de este enorme barril? ¿Y cómo impedís que se estanque?

Bajó la vista y advirtió que el charco sobre el que estaba tenía trozos de algas. ¡Vivían de agua estancada!

–Jefe –dijo uno de sus captores, que había estado inspeccionando sus pertenencias–, ¿ha visto su cuchillo?

Admiraba el cuchillo de hoja corta y la empuñadura de cuerno como si fueran una maravilla.

Pluma miró a su alrededor y se dio cuenta de que había metal por todas partes, pero parecía viejo y en mal estado. Lanzas, alabardas, espadas e incluso un escudo de metal abollado; todo estaba oxidado, con el extremo roto o con el filo descascarillado. Los únicos cuchillos que veía al parecer eran puntas de espada rotas atadas a un mango de metal.

–¡Tenéis un montón de metal! –exclamó, envidiando toda esa riqueza que podría haber cambiado la situación de la Puerta del Hombre Gris–. ¿Por qué no le pedís a vuestro herrero que os haga cuchillos en condiciones?

–¿Nuestro qué?

La comunidad se llamaba la Armería, porque eso había sido antaño aquella parte del Muro. En la cámara más grande había almacenadas cientos de armas antiguas, pero poco más. No habían aprendido a trabajar el metal. Cada vez que necesitaban algo nuevo afilado, bajaban al almacén para escoger lo que fuera.

–¡Pero nos ha convertido en los mejores cazadores del Bosque! –le dijo el jefe. No cabía duda de que todavía no confiaba lo suficiente para sacarla de la red, pero, al menos, estaba dispuesto a hablar con ella–. ¡Mira!

Pluma se asomó por las almenas y vio que bajaban una jaula de mimbre con unas cuerdas hacia el dosel arbóreo. En la jaula, una delgada criatura lanuda temblaba y balaba.

–Tenemos a bestias como esta por el vellón –explicó el jefe– y como cebo. ¡Fíjate! ¡Algo se acerca!

Las hojas de las copas de los árboles se retorcieron y temblaron cuando algo enorme se movió de una rama a otra. Saltó de un árbol hacia el siguiente con una gracia estremecedora y Pluma lo vio con claridad por primera vez. Tenía el lomo naranja oscuro con una línea negra que lo recorría de arriba abajo, una cara delgada con unas orejas largas y peludas y unas membranas que parecían alas entre las patas traseras y delanteras. En un instante, desapareció de nuevo entre las hojas.

–Un gato volador –susurró el jefe–. ¡Todos preparados!

Pluma vio a cuatro personas alzando sus lanzas en el Muro. Cada una de ellas estaba atada a una cuerda larga. Así era como cazaban a presas lo bastante grandes para ese cuero que tenían en las almenas. Atraían a las bestias hasta las copas de los árboles, les arrojaban lanzas y después las subían tirando de las cuerdas…

Los ojos de todos los desconocidos estaban clavados en el Bosque, atentos a cualquier señal del gato volador. Tan solo Pluma notó que Lustroso temblaba y bufaba. De repente, el animal formó un ocho con el cuerpo, y la cabeza y la cola desaparecieron.

Cuando un hurón con escamas hacía eso, solo significaba una cosa.

–¡Un águila! –gritó Pluma.

–¡Calla! –replicó uno de los lanceros, pero Pluma lo ignoró y se tiró al suelo.

–¡UN ÁGUILAAAA! –gritó con todas sus fuerzas.

Al cabo de unos instantes, una sombra se proyectó sobre ellos cuando un águila gigantesca apareció cubriendo el sol.

Los lanceros estaban mirando hacia arriba, gracias al grito de Pluma, por lo que la mayoría fue capaz de apartarse a tiempo. Uno de ellos soltó un alarido cuando una enorme garra le rozó el hombro. Otro cayó por la almena al golpearle un ala. El águila planeó y dio la vuelta con gracilidad para volver a dirigirse al Muro. Se oyeron unas órdenes a voces, los soldados formaron una fila y apuntaron sus lanzas por los huecos de las almenas para ahuyentar a su atacante aviar.

No obstante, aquella enorme ave tenía otros planes.

Voló en picado sin mirar por segunda vez a los lanceros. Se oyó cómo se rompía el mimbre y un balido de terror, y después el águila se alejó con la débil figura del animal lanudo entre sus garras.

El hombre que se había caído por las almenas aún estaba vivo. Se aferraba a su lanza, que colgaba suspendida de la cuerda. Sus amigos pudieron subirlo de nuevo y llegó a la parte superior temblando, pero furioso.

–Si esa chica no hubiera gritado y nos hubiera distraído… –empezó a decir.

–… el ave se habría zampado a la mitad de nosotros –concluyó el jefe con tono cortante–. Sacadla de esa red.

Después de que Pluma enseñara al pueblo de la Armería a convertir hojas grandes en canales de rocío provisionales, le devolvieron sus pertenencias y le permitieron continuar su camino. Mejor aún, le dieron una piel que hacía las veces de hamaca, raciones de cecina y una espada corta con una funda de cuero.

Durante un momento, consideró darse la vuelta y regresar a casa.

«Podría hablarles de la Armería –pensó–. Si les llevo metal, tal vez me perdonen».

Puede que sí. ¿Y, entonces, qué? No sería de ayuda cuando necesitaran el catalejo. Cuando una manada de cancrociervos de aliento venenoso se acercara a la Puerta del Hombre Gris, nadie los vería llegar y responsabilizarían de cualquier muerte a Pluma.

«Todavía me da tiempo a alcanzar a Merildun. No puedo rendirme y marcharme a casa sin el catalejo, no ahora que estoy tan cerca».

Cuando llegó a otro tramo del Muro roto, se topó con más criaturas de madera que la Armería había creado con la esperanza de atraer grandes depredadores. Le daba la impresión de que el plan de aquella gente no funcionaba demasiado bien. El águila parecía tener su propia idea de quién era el mejor cazador del Bosque.

Pluma tuvo que llevar a Lustroso en brazos durante los siguientes kilómetros porque seguía enroscado. En aquel estado resbalaba y costaba sostenerlo bien, y ese precisamente era el objetivo.

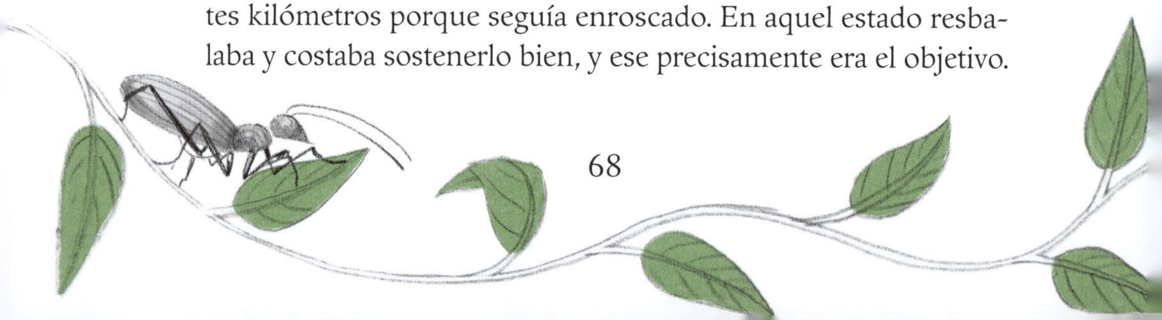

Su especie había aprendido a enroscarse para que las garras de un águila no pudieran atraparlo. Fue un alivio cuando se desenroscó y regresó a su hombro, aunque aún estaba más nervioso de lo habitual.

El agua duró dos días y Pluma dosificó la cecina para que durara tres. Sus botas estaban diseñadas para escalar, no para andar, y estaban empezando a romperse. Su mapa del Muro ahora se recogía en seis fragmentos de hoja, corteza, coraza de escarabajo y hueso.

Al tercer día, encontró rastros que había dejado Merildun a su paso: un refugio rudimentario hecho con enredaderas muertas lo bastante grande para que alguien pudiera dormir dentro. Al lado había un montón de cáscaras de nueces abiertas con una navaja.

Al ver eso, Pluma tuvo una extraña sensación de poder. Merildun no tenía ni idea de que la chica que había empujado a la perdición había regresado de entre los muertos y le pisaba los talones. Llevó la mano a la empuñadura de su espada y por primera vez se sintió como una cazadora.

Por la noche, Pluma dormía en grietas y huecos y usaba la piel que le habían regalado para ocultarse. En una ocasión, se sobresaltó cuando le cayó un murciélago en la frente. Otra vez se despertó con montones de grandes hormigas verde oscuro intentando llevársela. Los peligros que siempre trataba de evitar eran ahora su vida diaria. Alguno de ellos podía matarla en cualquier momento.

Cuando se acurrucaba para dormir todas las noches, se alegraba de tener a Lustroso. Era de gran compañía y, además, oía antes que ella cualquier cosa que se acercara. Sin embargo, cuando se sumía en el sueño, a veces tenía pesadillas inquietantes en las que Lustroso erizaba el lomo y bufaba, no a una amenaza desconocida, sino a ella.

El animal escuchaba por la noche. Sin la sólida protección del Muro, lo oía todo con mucha claridad. No sería cierto decir que le hablaba ni que él lo entendiera. Era más bien un susurro en la sangre, no en el oído.

Si hubiera susurrado en palabras, le habría llamado «hijo» y le habría preguntado qué estaba haciendo. Habría querido saber por qué estaba acurrucado en los brazos de una bestia que no era de su especie, que no era del Bosque y que, desde luego, no era nada amable. Le habría recordado un deber que él había olvidado y que había asumido cuando era tan solo un diminuto interrogante rosa en un huevo recién puesto, con unas escamas tan suaves y rosas como los pétalos de una flor.

Sin embargo, no había susurros de ese tipo. Era como si se filtraran pensamientos en la mente de Lustroso, como semillas o malas hierbas que arraigaban, y a él no le gustaban. Eran sus pensamientos, pero a la vez no lo eran.

Las ideas intrusas le decían que huyera de la Chica Cálida. No tenía por qué volver con ella a los lugares de piedra cerrados.

Si regresaba, podía llevar semillas escondidas en las bolsas de las mejillas. Veía claramente en su cabeza cómo sería, como si le mostraran imágenes. Metería semillas en grietas y rincones sombríos, y las enredaderas que crecerían durante la noche inundarían las habitaciones oscuras y ahogarían a los Portadores de Cuchillos de Dos Patas. Después, con el tiempo, las enredaderas levantarían los bloques de piedra y los apartarían. Las estaciones los desgastarían hasta solo quedar escombros y los hijos de los hijos de Lustroso anidarían en las grietas...

Movió la cabeza con nerviosismo y abrió el hocico como si fuera a bufar. Sin embargo, no lo hizo y se quedó en silencio, con el lomo arqueado, como si se enfrentara a una serpiente invisible. La noche era oscura y ensordecedora, y no sabía qué pensamientos eran suyos.

LA GRAN GRISURA

La mente humana es algo muy extraño. Se puede acostumbrar a cualquier cosa, incluso a un constante peligro mortal.

Mañana tras mañana Pluma se despertaba cansada, con el cuerpo sorprendido por la sensación del viento y el sol, con el alma asombrada por haber sobrevivido otra noche más. Se esforzaba por avanzar en el Muro, saltaba grietas y se vendaba los cortes y las picaduras lo mejor posible. Bebía el rocío de las hojas y el agua de los charcos y extraía el jugo de las calabazas colgantes.

Encontró una savia pegajosa que olía como los faroles del Último Bastión y se embardunó con ella la piel para mantener alejados a los insectos. Cortó trozos de lianas fuertes para usarlas como sogas para trepar y aprendió a hacer refugios improvisados con materia vegetal muerta como el que había dejado Merildun.

La temporada iba cambiando y cada vez había menos crías de víboras. Algunas se habían transformado en relucientes adultos jóvenes y el resto habían sido engullidas por fauces o picos voraces o habían perecido presas de plantas frías y carnívoras. La temporada de las chasquiagujas llegaba y con ella las cabezas de semillas púrpuras del tamaño de un melón, que explotaban con un chasquido y disparaban en todas las direcciones unas semillas con pinchos que causaban mucho dolor. Cuando la última cabeza de semilla detonaba, llegaba la temporada de la guerra de los grillos, que dejaba a su paso insectos muertos o aturdidos para deleite del hambriento Lustroso.

Pluma forzaba en todo momento la mente y la vista hasta el límite, buscando señales de peligro y movimiento. Avanzaba y avanzaba en una niebla de instinto, incapaz de concentrarse en nada más que en el siguiente riesgo, el siguiente obstáculo, el siguiente hueco donde podría aguardarle una emboscada.

De vez en cuando, sin embargo, algo la sacaba de esa niebla. Se detenía, miraba y veía de verdad.

Pluma divisó cientos de relucientes libélulas verdes que alzaban el vuelo desde una parte del Bosque, con las alas brillantes bajo el sol de primera hora de la mañana. Vio las ruinas de un castillo blanco a lo lejos, cubiertas de flores de lino azules.

En ocasiones, descubría un tramo intacto de Muro y encontraba a gente allí viviendo.

Conoció a los moradores de la Curva, en un rincón del Muro, que habían domesticado a los murciélagos frugívoros con miel y los habían entrenado para que les llevaran ciruelas silvestres y frutos del bosque.

Se topó con el pueblo de la Fortaleza de lo Sano, expulsado del Muro dos años antes por las intrusas enredaderas. Ahora vivían en unas torres de madera desvencijadas, construidas encima de las almenas, y se movían entre ellas por tirolinas.

Conoció también a los habitantes de Posibilidad, que habían convertido una serie de imponentes terrazas ornamentadas en jardines colgantes, ricos en hierbas y fruta.

Antes, encontrarse con tantos extraños habría sido un sueño hecho realidad. Pluma habría tenido miles de preguntas para ellos y habría estado más que dispuesta a responder las suyas. En cambio, ahora solo prevalecía una demanda sobre todas las demás:

–¿Ha pasado un hombre, un forastero, por aquí antes que yo?

Una y otra vez, oía un «sí». Siempre había ocurrido algo antes de que ella llegara: un robo o el avistamiento de una misteriosa figura. A veces se enteraba de que Merildun le sacaba casi un día entero de ventaja y se le caía el alma a los pies. En otras ocasiones, descubría que casi lo había alcanzado.

–Volveré por aquí –les prometía a sus anfitriones, con la esperanza de que fuera verdad– y, entonces, os contaré más cosas.

¿Qué pensaban de ella, la primera desconocida con la que habían hablado? Una chica tenaz y ojerosa, que procedía de más allá de los confines de su mundo, con el pelo cubierto de savia, la piel con espinas y la boca llena de historias imposibles. Una chica que engullía la comida que le daban, hacía más preguntas de las que contestaba y se negaba a quedarse.

Un día, Pluma se subió a un alto peñasco para poder ver a lo lejos y descubrió algo nuevo. Divisó el largo Muro serpenteante y, más allá, el Bosque, ondulando con el descenso oculto del suelo. Una ondulación tras otra tapada por los árboles y luego…

Y luego, nada. ¡No! Sí, era algo. Ese gris turbulento y sin árboles era algo, pero Pluma lo miraba parpadeando y no podía describirlo. No tenía pensamientos preparados para tal cosa. No sabía cómo calificarlo.

En ese mismo instante, también olió algo diferente en el viento. Era salado, pero no como la sopa. Era frío, pero no como la escarcha. Era fresco, pero no como las hojas. Le estimulaba sensaciones que no entendía.

No olía a bosque.

Durante los siguientes dos días de viaje, la gran grisura se acercó.

«Voy a alcanzarlo –pensó Pluma mientras se le contraía el estómago por el temor y el entusiasmo–. Cuando Merildun llegue al mar, tendrá que parar».

Pluma había oído que se necesitaba una embarcación para cruzar el mar y hasta había visto dibujos. No creía que Merildun llevara una barca en el morral, así que tendría que encontrar una o fabricarla él mismo antes de poder escapar atravesando la grisura.

Y, suponiendo que lo alcanzara, ¿qué?

«Esperaré a que se duerma y le robaré el morral –pensó–. Y, si se despierta, lo amenazaré con mi espada hasta que me lo dé».

Se mareó ante la idea. Si le quitaba el morral, con todas sus pertenencias y provisiones, quizá lo condenaría a muerte. ¿Y si pensaba que se estaba tirando un farol y no le daba el morral o intentaba atacarla? ¿Sería capaz de clavarle la espada? Cuando trató de imaginarlo, su mente se resistió.

Él no tendría tantos escrúpulos en hacerle daño, de eso estaba segura. ¿Y si conseguía arrebatarle la espada?

No dejó de darle vueltas al asunto durante el tiempo que pasó despierta y también en sueños. Sin embargo, antes de llegar al mar, sucedió otra cosa que la hizo detenerse y quedarse horrorizada.

El Muro se terminó. Estaba cada vez más deteriorado conforme Pluma se acercaba a la gran grisura y sus pendientes eran más

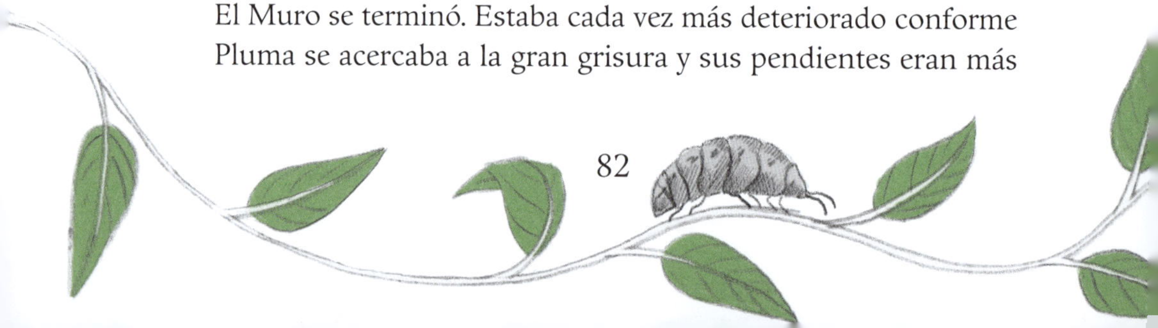

bajas y más frecuentes. Entonces, una mañana gris, un poco antes del alba, subió una cuesta y vio que delante de ella el Muro ya no estaba. Sus restos bajaban hasta desaparecer en el Bosque.

Más allá solo había un dosel arbóreo ininterrumpido y, después, la gran grisura. Ahora veía que la masa no estaba quieta, sino que se movía y temblaba por todas partes. Podía oír el sonido atronador de su respiración.

Al mirar más adelante hacia la penumbra gris, vio una mancha de oscuridad. Había una isla no muy lejos de la costa, con un castillo alto y estrecho. Medía lo mismo que el Muro y Pluma se preguntó si este habría llegado antaño hasta la isla.

La chica se sintió como si se hubiera quedado sin aire o sin luz. Nadie bajaba al Bosque a menos que estuviera loco o desesperado. Pero no veía a Merildun por ninguna parte. Debía de haber descendido entre los árboles, llevado por su sueño fanático de cruzar el mar. Tal vez en ese instante estaba en la orilla fabricando una barca.

«No está lejos –se dijo Pluma para sus adentros mientras empezaba a bajar por las ruinas–. No estaré en el Bosque durante mucho tiempo. Estoy casi en el mar…».

Se levantó viento al aproximarse a las copas de los árboles y todas las hojas se agitaron con un movimiento ruidoso. No podía quitarse la sensación de que el Bosque sabía que ella llegaba.

HACIA LA OSCURIDAD

Lustroso bajó las orejas, el Bosque era ensordecedor. A su alrededor no había más que plantas, plantas y más plantas. Cuando la brisa movía las hojas, las plantas se reían.

Algunas musgosas donde podía acurrucarse a dormir, invisible para el mundo. Otras danzantes que podían esconderlo mientras cazaba. Brotes verdes fuertes y crueles, con raíces que se hundían en huesos podridos, muertos hace mucho tiempo.

La sombra del Bosque bailaba sobre la cabeza de Lustroso y no podía pensar. Sus recuerdos estaban rotos y esparcidos. ¿Cómo había llegado allí? Había una cálida criatura de dos patas que lo llevaba, pero de repente no pudo recordar lo que era. Estaba demasiado caliente y era demasiado grande. Sentía su pulso bajo la piel suave como un pétalo. ¿Lo había cogido para comérselo?

Parecía lo bastante grande para aplastarlo, pero también olía a miedo. Olía como una presa.

Pluma daba un paso cuidadoso tras otro, tratando de no ser presa del pánico. Los árboles se habían cerrado encima de su cabeza y al mirar hacia arriba solo había fragmentos de un cielo gris mate temblando más allá de las hojas.

En la penumbra, sus ojos diurnos alcanzaban a ver muy poco: enormes hojas dentadas que se balanceaban suavemente, bulbos claros colgantes que podrían ser fruta o murciélagos dormidos, dos enredaderas entrelazadas o una serpiente enrollada alrededor de una rama, gotas de rocío relucientes o una galaxia de ojos observadores.

Pluma pestañeó con fuerza, deseando que se le adaptara la vista, pero había demasiado movimiento furtivo y oscuro. De vez en cuando un rayo de luz iluminaba algo que se movía, pero no podía ver lo que era porque no era nada. Había perdido el horizonte, el cielo y los bordes de las cosas.

La chica intentaba respirar con tranquilidad a través del paño mojado que se había atado alrededor de la nariz y la boca para evitar el polen venenoso. El aire húmedo y perfumado gemía por los insectos.

Mientras descendía cada vez más hacia la penumbra, podía sentir que las piedras de los restos del Muro se desmoronaban, más resbaladizas que nunca por el musgo y envueltas en enredaderas. Aun así, trataba de mantener el equilibrio sobre los restos rotos, sin querer arriesgarse a pisar el suelo sombrío del bosque que había más abajo.

Con la piedra bajo sus pies, se convencía a sí misma de que estaba todavía en el Muro…

Dos pájaros de voz acerada se llamaban el uno al otro en algún lugar muy alto por encima de la muchacha.

–¿Dónde? –parecían decir en largos gritos desgarradores–. ¿Dóóónde?

Pluma tenía la extraña sensación de que los pájaros sabían que había una humana en el Bosque y la estaban buscando. Tal vez todo lo que estaba a su alrededor podía percibirla y estaba esperando que diera un paso en falso y revelara su posición…

Lustroso estaba curiosamente rígido en sus brazos. Notaba las escamas más frías de lo normal contra la piel. Le dio un vuelco el corazón. Tal vez estaba paralizado por el miedo. O quizá había respirado veneno, o le había picado algo y se le estaba helando la sangre por segundos…

Pluma se detuvo y bajó la vista hacia su compañero. Estaba tenso de una manera enrevesada que no había visto nunca, como si estuviera enfadado. Las estrellas gemelas de sus ojos resplandecían fríamente en la oscuridad, como focos de fuego verde.

«¡Tsssss!», se oyó su siseo tenue y asustado.

¿Qué pasaba? ¿Qué había oído? Pluma miró a su alrededor, con las alertas activadas.

«¡Tssssssss!», ahora mucho más fuerte y con un rugido gutural extraño.

–¡Calla! –susurró Pluma lo más alto que se atrevió, por miedo a que el bufido de Lustroso atrajera la atención.

La única respuesta fue un silbido ensordecedor, como el del agua al caer sobre las brasas calientes. Después, el frío peso enrollado que tenía la chica en brazos le saltó a la cara.

Pluma dio un grito de sorpresa y se echó hacia atrás. Una masa con escamas le arañó la cabeza y el cuello, y luego sintió que le clavaba los dientes en la carne por encima de la clavícula. Apartó a la criatura y esta, retorciéndose, le mordió con fuerza en la muñeca. Entonces logró soltarse y la vio huir, crispada, corriendo con torpeza, saltando de una piedra musgosa a una rama y luego al suelo del Bosque, más abajo.

Y allí se quedó, con el lomo arqueado, como un oscuro y enfadado garabato en el suelo del Bosque, y emitió un fuerte «escraaaa-aaa-aaarc», un sonido que solo había oído alguna vez a lo lejos.

«¡Aquí! –podría querer decir–. ¡Está aquí!».

Otros sonidos similares respondieron a aquella alarma, lejos y cerca. Y el Bosque se convirtió en un hervidero de criaturas.

Se oyó un ruido violento en el follaje y entre las enredaderas que había por todas partes. Pluma echó a correr, indefensa, resbalando por las ruinas del Muro. Los zarcillos trepadores le cortaban la cara y notó unas espinas arañarle la piel justo debajo del ojo izquierdo. Algo serpenteante y de color crema se cruzó en su camino, pero no había tiempo para detenerse. Lo saltó por encima y, al aterrizar, el talón resbaló bajo el musgo traicionero. La chica perdió el equilibrio y cayó de lado.

Pluma llegó al suelo del Bosque con una sacudida, sin aliento. Se revolvió en el mantillo húmedo y se puso de pie como pudo en cuanto sintió que criaturas de muchas patas le subían a las botas. Cuando algo grande se le acercó desde la maleza y la luz tenue iluminó las pinzas y el caparazón redondeado, la muchacha dio media vuelta para salir corriendo.

El suelo del Bosque absorbía hambriento los pies de Pluma. La muchacha intentaba abrirse camino apartando las enmarañadas enredaderas, que le escupían gotas de rocío o veneno a la cara y se le enganchaban alrededor del cuello como si trataran de estrangularla. Tras ella, oía un coro de murmullos, chillidos, silbidos, arañazos y chirridos lentos.

Ciega y sorda por el pánico, lo único que podía hacer era correr.

El Bosque percibía a la intrusa como una comezón. Había una mota abrasadora que no era propia de allí, que pisaba con fuerza, serpenteaba y corría a toda velocidad. Dejaba su sangre en espinas y garras y un olor a miedo en el ambiente. Sus ojos diurnos estaban cegados por la oscuridad forestal, así que tropezaba con los árboles y metía los pies en agujeros.

Pero la intrusa continuó corriendo con una energía feroz, ignorando el dolor de las picaduras, los arañazos y los mordiscos. Siempre mantuvo las piedras musgosas del Muro a la derecha, zigzagueando, pero, aun así, dirigiéndose hacia el este, hacia el mar.

El Bosque observaba con mil ojos, algunos tan minúsculos como pinchazos de alfiler. Sabía, como cualquier gran depredador, que una presa asustada se agotaría y se debilitaría. Tarde o temprano la intrusa iría demasiado lenta para escabullirse o daría un traspié y se caería. Un error y todo habría terminado.

Sin embargo, la intrusa corría como una mota testaruda, de sangre caliente, que avanzaba a toda velocidad por la brillante vegetación.

Al principio, Pluma no comprendió lo que estaba sucediendo. Lo único que sabía es que cada vez había menos hojas y enredaderas que le azotaran la cara. Después, se dio cuenta de que los pies ya no se le enredaban en las zarzas ni se hundían en la tierra blanda. Ahora sus pisadas sonaban («chis, chis, chis…») sobre la arena seca y los finos guijarros.

En lo alto, empezaron a aparecer trozos irregulares de cielo gris cuando los árboles menguaron. Por otro lado, el rugido de la grisura era más fuerte y ahogaba los sonidos que la perseguían.

Vio una gran roca escarpada y subió por ella como pudo, obedeciendo al instinto que le indicaba que la seguridad estaba arriba, y se agazapó en la cumbre. Allí trató de recuperar el aliento mientras se limpiaba la savia urticante de la piel y comprobaba si la estaban siguiendo. Los mordiscos en el cuello y la muñeca le sangraban bastante. Eran mordeduras profundas de dientecillos familiares. Pluma contuvo las lágrimas de dolor.

Poco a poco fue comprendiendo lo que veía. Delante de ella, los árboles desaparecían del todo y una llanura arenosa descendía hacia la ensordecedora grisura embravecida.

Aquella zona fronteriza era un campo de batalla.

Los guijarros y la arena estaban cubiertos de árboles caídos, retoños arrancados y zarzales destrozados. Algunos estaban aún medio vivos y las hojas se marchitaban, pero otros eran viejos y se hallaban en proceso de descomposición. El Bosque, como siempre, había enviado a sus soldados rasos plantíferos para reclamar todo y apropiarse de la tierra. Y, por una vez, se había topado con un igual.

Acurrucada en la parte superior del risco, Pluma contempló la gran bestia gris que se había enfrentado al Bosque y lo había frenado. Lo vio arquear cientos de lomos brillantes mientras rugía desafiante y arañaba la orilla con garras de espuma blanca. Siempre había sabido que el agua era vida, pero ahora veía que el agua estaba viva.

No tenía prisa por atraer su atención. El mar rugiente era el enemigo del Bosque, pero eso no significaba que fuera su amigo. Pluma era una criatura pequeña y encogida de terror en medio de un duelo de titanes.

El cielo estaba cada vez más iluminado y había unas zonas brillantes por encima del horizonte al este. Mar adentro distinguió la isla que había vislumbrado desde el Muro y el estrecho castillo en su cima en contraste con el agua que resplandecía con debilidad.

Al bajar la vista hacia la playa, advirtió que no estaba sola. A unos metros había dos figuras agazapadas detrás de un árbol caído y parecían estar hablando. A la figura más pequeña no la conocía, pero Pluma supo enseguida quién era la otra.

Se trataba de Merildun.

EL FIN DEL MUNDO

Escondida detrás de los árboles caídos, Pluma pudo acercarse un poco más hasta oír lo que hablaban. Bajo la luz del alba, Merildun parecía pálido y ojeroso.

–Pero ¿por qué hace eso? –preguntó señalando el mar.

–¿El qué?

El otro chico era delgado, un poco más joven que Pluma y se vestía con un jubón de piel de foca sobre ropa de basto tejido marrón. Era muy moreno y de su cinturón colgaban cuerdas y ganchos, que no le resultaban familiares, junto con lo que parecía una caracola chapada en metal.

–¡Eso! –Merildun sonaba un poco histérico–. ¿Por qué se mueve el agua? ¿Porque está… enfurecida, se arroja sobre todo y lo hace trizas?

–Es el mar –respondió el niño desconcertado–. Siempre hace eso.

–¿Qué quiere? –inquirió Merildun desesperado–. ¿Qué le podemos dar? ¿Cómo hacemos que se calme?

Era evidente que los libros de la Fortaleza de Papel no lo habían preparado para aquella situación.

–Ahora está calmado –dijo el chico con paciencia–. A veces es mucho peor.

Tenía unos ojos brillantes, amistosos y curiosos. A lo mejor Merildun era el primer forastero con el que se encontraba.

«¿Qué hago?». La adrenalina recorría a toda velocidad las venas de Pluma. Su único plan era encontrar a Merildun dormido o pillarlo por sorpresa. No tenía manera de acercarse a su enemigo sin que este o el chico la vieran.

–¡No puede ser cierto! –murmuró Merildun–. ¡No puede ser! ¡No! ¿Cómo va a poder atravesar alguien eso? –Se dio la vuelta para mirar al niño–. Pero tú lo has hecho, ¿verdad? Me has dicho que has venido desde aquella isla.

–¡Sí, del Castillo! –el muchacho sonrió–. Allí pescamos. Y, aunque no hay bosque, tampoco podemos cultivar gran cosa, así que tenemos que venir aquí a por todo lo demás.

–¿Dónde tienes la barca? –preguntó Merildun relajando el rostro con una cálida y curiosa sonrisa–. ¿Y dónde están todos tus amigos?

«¡No contestes! ¡No confíes en él!», pensó Pluma desesperada.

–Es el pesquero de mi padre. ¡Está ahí, junto a la orilla! –señaló el niño, orgulloso–. El resto no han llegado todavía. Me han enviado a mí de avanzadilla. Ellos vendrán cuando les indique que la playa es segura.

–¿Segura? –Merildun se tensó y miró a su alrededor–. ¿Hay algún peligro?

–Aquí a veces se cae el cielo –dijo el chico, mirando hacia arriba. Pluma advirtió que estaba usando un eufemismo para algo que era tabú–. Pero, si no te importa esperar una hora, te puedo presentar a…

No hubo un cambio en la expresión de Merildun, no hubo aviso. Pluma se sobresaltó tanto como el niño cuando Merildun lo agarró y le puso un cuchillo en el cuello.

–Me temo que no quiero conocer a tus amigos –confesó Merildun– y tengo prisa. –Empezó a arrastrar al chico hacia la orilla–. Tú y yo nos vamos de aventuras. Cruzaremos el mar en tu barco hasta encontrar tierras nuevas. Lamento tener que hacer las cosas de esta manera, pero algún día me lo agradecerás.

En ese momento, Pluma renunció a la precaución y a su plan astuto. Salió corriendo de su escondite y se interpuso entre Merildun y el barco. El hombre se la quedó mirando estupefacto y después desvió los ojos a la espada que la chica sostenía con ambas manos.

–¡Suéltalo! –gritó Pluma.

Merildun entrecerró aquellos ojos recelosos e inteligentes. Se fijó en las magulladuras, en el cuello que le sangraba y cómo agarraba de forma temblorosa la empuñadura.

–No creo que vayas a usar el arma –declaró.

–¿Quieres arriesgarte? –preguntó mientras el corazón le latía con fuerza. Sus palabras la hicieron dudar de sí misma. Estaba exhausta después de cruzar el Bosque corriendo. Le pesaba la espada en las manos.

–¡Oye, hago esto por todos nosotros! –insistió Merildun–. ¡Puede que haya tierras sin bosque más allá! ¿No deberíamos descubrirlo? ¡Podríamos escapar y vivir a salvo!

Sonó tan sincero que Pluma tal vez lo habría creído si no hubiera recordado que la empujó por la espalda y que por poco muere

–Yo… no te ayudaré –terció el niño. Parecía que iba a ponerse a llorar, pero su voz poseía una determinación temblorosa.

–¡Cállate! –soltó Merildun–. ¡Tú harás lo que yo te diga!

–¡No! –replicó el muchacho–. ¡Quizá haya tierras sin bosque, pero todos los del Castillo juramos no ir a buscarlas! Porque, si lo hacemos, nos llevaríamos el Bosque con nosotros, ¿no? Sería sin querer; pero, aun así, sucedería. Tendríamos semillas bajo las uñas o en nuestros excrementos, o estarían entre los tablones de nuestros barcos. Hemos de proteger a las personas de esas otras tierras, aunque eso signifique no marcharnos nunca de aquí… ¡No voy a ayudarte y no podrás obligarme!

Merildun se quedó mirando atónito al niño. Al ver la determinación del chico, Pluma volvió a encontrar la suya propia y agarró con más fuerza la espada.

–Estás en el fin del mundo, Merildun –dijo, casi evitando que le temblara la voz–. No hay adónde huir, así que baja el cuchillo.

Merildun lanzó a Pluma una mirada desesperada y después empujó al chico hacia ella antes de bajar a la playa.

Pluma apartó la espada justo a tiempo para que el niño no se la clavara. El impacto le hizo perder el equilibrio y cuando se hubo recuperado Merildun ya estaba a mitad de camino de su objetivo.

Al disponerse a salir tras él, el muchacho la agarró del brazo. Tenía los ojos fijos en el cielo y la cara pálida.

–¡Se cae el cielo! –gritó.

Una sombra oscureció la playa. Una sombra que se extendía y cada vez era más negra y definida. Iba hacia Merildun, que había llegado al pesquero y tiraba de la embarcación con una cuerda hacia las olas agitadas e impacientes. El hombre alzó la vista demasiado tarde, justo cuando lo que proyectaba la sombra cayó sobre él.

El águila más grande que Pluma jamás había visto descendió desde la luz gris y atrapó a Merildun con sus garras. Sin embargo, mientras trataba de subirlo hacia el cielo, se detuvo en seco con un tirón. Merildun tenía aún agarrada la cuerda del barco y se asía a ella con todas sus fuerzas. Colgando entre las garras del águila, Merildun gritó con el rostro desencajado por el terror al ver que la cuerda se le iba de las manos.

Pluma echó a correr hacia la playa y tiró la espada para poder ir más rápido. No fue una decisión, sino un acto reflejo, como toser al respirar humo o temblar por el frío. Un ser humano estaba gritando de miedo. No importaba quién fuera.

Agarró las piernas de Merildun justo cuando el hombre soltó la cuerda. La chica lo sostuvo con toda su fuerza.

–¡No se nos podrá llevar a los dos!

Pero el águila disintió. Pluma chilló de consternación al notar que los pies se le elevaban a pesar de la fuerza que hacía con los brazos.

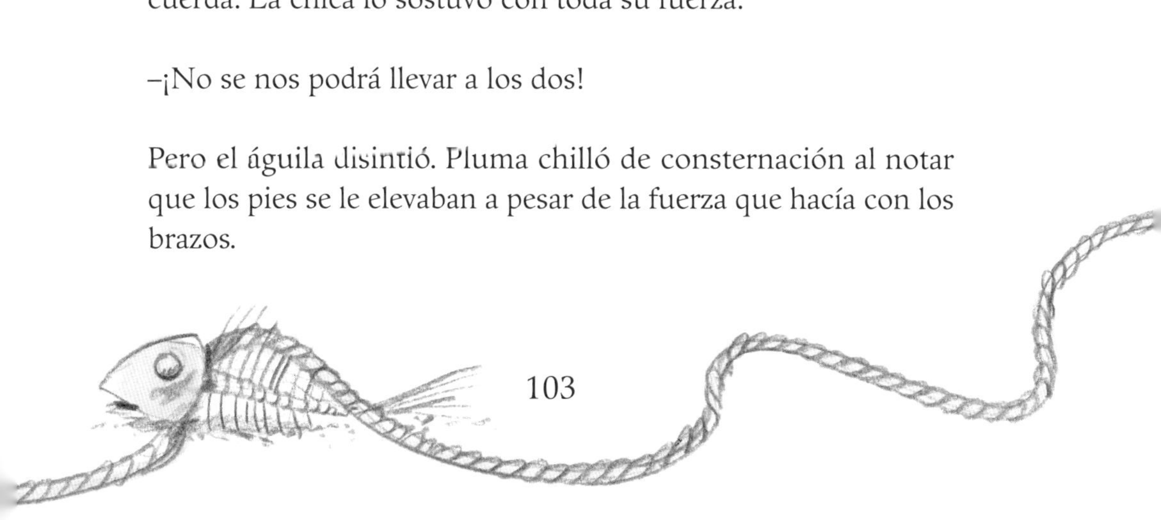

Se oyeron unos pasos apresurados y entonces la chica sintió que alguien la agarraba de los tobillos. Al mirar hacia abajo, vio que el niño la sujetaba tratando de evitar que el águila también se la llevara. Su alivio fue breve. La corriente descendente de las alas enormes la cegaba y desconcertaba y la playa cada vez estaba más lejos. Cuando los pies del niño se elevaron del suelo, Pluma notó el dolor de los músculos y sintió que se le debilitaban.

El águila era una masa oscura cuyas alas surcaban el cielo, con los ojos dorados y el pico abierto. Sabía con una certeza depredadora que la fuerza de la chica cedería primero.

Pluma comprendió que tendría que soltarse antes de estar demasiado alto. Cerró los ojos y gritó, y logró aguantar otro segundo, y otro, mientras el viento silbaba a su alrededor…

Unos pocos metros más arriba, el águila dejó el juego, soltó la pesada cadena de mamíferos que colgaban de sus garras y los dejó caer a la playa. Pluma vio la planicie de roca y arena cada vez más cerca de ella y el mundo pareció romperse cuando cayó en una entumecida oscuridad.

En la linde del Bosque, donde empezaba la arena, un hurón con escamas se desenroscó despacio para dejar de formar un ocho con su cuerpo. Reptó sobre las malas hierbas y bajo la roca y miró con detenimiento a los grandes animales tirados en la orilla del agua.

No eran plantas, no eran bosque. Eran peligro, tal vez. Pero no se movían y uno de ellos le olía de forma familiar.

En la cabeza del hurón los susurros del Bosque danzaban y se entrelazaban. Entre ellos había algunos pensamientos lustrosos y tercos, propios de la criatura. Aunque el profundo pavor que le daban las águilas hacía temblar al hurón y le daban ganas de volver a enroscarse por seguridad, se aventuró a bajar a la playa.

Sabía que las tres criaturas no tardarían en ser las presas de alguna amenaza. Parecía que la gran Bestia de Agua se las llevaría porque cada vez estaba más cerca y empapaba la ropa y el pelo de los caídos, pero el hurón sabía que no debía importarle.

Tembloroso y expuesto a la mirada del cielo, el animalito serpenteó hasta las figuras. Olisqueó a la que le resultaba familiar y le vinieron a la mente unos recuerdos etéreos: comida, gran cantidad de olores y el refugio de un brazo cálido.

El hurón empujó la mano de la chica con el hocico. Estaba fría y un líquido le salía de la cabeza. No importaba, el hurón sabía que no importaba, el Bosque seguía diciendo que no importaba. Aun así, el hurón tenía la sensación de que, si la chica perdía todo su calor, el propio mundo del hurón se convertiría en un lugar muy frío para siempre.

Le lamió, nervioso, la mano. Al no haber respuesta, le mordió con fuerza el pulgar.

La muchacha chilló de dolor y se incorporó adormilada, parpadeando y escupiendo arena.

–¡Lustroso! –dijo con la voz ronca.

Cuando el hurón oyó su voz, recordó quién era.

Pluma consiguió despertar al niño, que estaba un poco aturdido, pero no herido de gravedad. Entre los dos arrastraron a Merildun, que estaba inconsciente, para apartarlo de las olas ansiosas y ponerlo a resguardo. Respiraba y no parecía sangrar, pero tenía el tobillo izquierdo torcido. A Pluma le dolía la cabeza y el niño insistió en vendársela con un trozo de tela.

Lustroso seguía desenroscado, por lo que Pluma supo con certeza que el águila ya no estaba allí. Animado por ella, el niño accedió a llamar a su pueblo para que fueran a la playa y ayudaran a Merildun. Se llevó la concha metálica a los labios y al instante una nota penetrante y ensordecedora hizo que la chica se encogiera y se tapara los oídos.

–¿Qué ha sido eso? –miró a su alrededor asustada–. ¡Harás que venga a por nosotros cualquier cosa!

–No pasa nada. –El niño le enseñó la boquilla para soplar la concha–. Es un sonido que podemos oír nosotros, pero pasa inadvertida para las cosas del Bosque.

En efecto, Lustroso parecía no inmutarse ante el ruido.

–Has tenido suerte de que Merildun no te robara… ¡Oh, no!

A Pluma le dio un vuelco el corazón cuando le vino un pensamiento a la cabeza y, atemorizada, se puso a buscar en los bolsillos de Merildun.

–¿Qué estás haciendo? –preguntó el niño, perplejo.

–Me quitó algo… ¡algo muy valioso! No lo encuentro. ¿Dónde está su morral?

«Por favor, que lo tenga en el morral. Por favor, que Merildun no llevara el catalejo encima cuando cayó a la playa…».

–¿Es esto? –preguntó el niño mientras sacaba un cilindro del cinturón de Merildun. Pluma se inquietó, dividida entre la esperanza y el temor.

Tomó el catalejo de las manos del muchacho y se lo puso a la altura del ojo. Lo giró como Merildun le había enseñado, pero no apareció ninguna imagen clara. Lo único que vio fueron los fragmentos de cristal cayendo como la lluvia sobre los guijarros.

LA RECOGIDA DE LOS FRAGMENTOS

Pluma todavía estaba paralizada por el impacto y la desesperación cuando llegaron los otros barcos del Castillo. El niño elogió con entusiasmo su heroísmo, pero ella apenas lo oyó. Su viaje agotador y aterrador por el Muro había sido en vano. El catalejo estaba roto.

Cuando abrió la boca para presentarse, estalló en lágrimas. La madre del niño abrazó a Pluma y la llevó con dulzura a una de las embarcaciones.

Cuando Merildun volvió en sí, lo miraron con mala cara, pero las gentes del Castillo le entablillaron la pierna y lo ayudaron también a subir a bordo. Después de todo, cumplió su sueño de viajar en barco, aunque no pareció disfrutarlo mucho. Al cabo de unos minutos, cuando las olas empezaron a agitarse y brincar, se puso de un color muy peculiar y pasó el resto de la travesía col-

gando de la borda y quejándose. Al parecer, acababa de descubrir lo que era marearse en un barco.

–No creo que vuelva a intentar huir por el mar –susurró el niño.

–Nunca se le curará el tobillo del todo –le dijo la líder del castillo a Pluma al día siguiente, mientras tomaban sopa de percebes en las almenas y contemplaban la gran bravura gris del mar–. Creemos que lo mejor es que se quede aquí con nosotros.

–¡No podéis fiaros de él! –exclamó Pluma alarmada.

–Es cierto –asintió la mujer–, pero no podemos dejar que se muera de hambre o que se lo coman. Y sabe leer. Puede enseñarles a nuestros niños sus letras.

Pluma no debería haberse sorprendido. Quienes vivían en el Muro aprendían a no desperdiciar nada.

–¿Qué harás tú? –le preguntó la líder.

–No lo sé. –Pluma ya había contado su historia–. No puedo enfrentarme a mi pueblo. Los traicioné y no hay modo de arreglarlo.

–Si decides regresar, te prestaremos guías que te ayudarán a cruzar el Bosque y volver al Muro –dijo la mujer amablemente–.

Y tenemos unas bayas que dormirán a tu hurón hasta estar fuera del Bosque para que no oiga su llamada. Pero te invitamos a quedarte si quieres.

Sentada en la pequeña habitación que le habían dado sus anfitriones, Pluma se abrazó a su fardo y se desanimó al pensar en el aventurado viaje de vuelta a la Puerta del Hombre Gris. Le parecía imposible. ¿Y de qué serviría?

«Me podría quedar aquí».

Viviría en el Castillo como una exiliada, con su culpa, como Merildun. Aprendería a pescar y Lustroso sería útil para localizar águilas. No vería más a Cereza, ni a su madre ni a ninguno de sus amigos, pero tampoco tendría que enfrentarse con su enfado ni con su desesperación.

Abrió el fardo, distraída, y se quedó mirando el contenido. Luego sacó algunos fragmentos del mapa que había ido dibujando: su ruta en zigzag, con las grietas aterradoras y los refugios inesperados.

Ahí estaban Posibilidad, la Fortaleza de lo Sano, la Curva y las demás fortificaciones por las que había pasado a toda velocidad, prometiendo que regresaría. La Armería, que no sabía cómo usar su tesoro de hierro. El pobre y solitario Último Bastión. Su propia Puerta del Hombre Gris, asediada y escasa de metal. Y, tierra adentro, otras comunidades, todas aisladas y luchando por sobrevivir…

De repente, el mapa mosaico no le pareció un viaje imposible. Parecía algo herido que suplicaba ayuda.

–Tengo que volver –murmuró con la vista clavada en aquellos trozos. Y después cogió en brazos a la criatura escamosa que tenía al lado–. ¡Es nuestro deber, Lustroso! ¡De lo contrario, seremos como Merildun, que pasó por todos esos lugares llevándose lo que quería y sin darles nada a cambio!

La líder escuchó a Pluma y la comprendió. Cuando llevaron a la chica en barca desde el castillo, ella alzó la vista y vio que Merildun la miraba con una incomprensión que parecía próxima al miedo. Había salvado la vida al hombre que había intentado matarla y pensó que quizá él tardaría toda una vida en entender la razón.

Había empezado la temporada de la recolección de lino cuando Pluma regresó a la Puerta del Hombre Gris, con Lustroso al hombro como una estola escamosa.

Pensó que quizá no le permitirían volver a casa y, en realidad, la arrastraron adentro para que todos pudieran abrazarla, atender sus heridas y darle de comer. ¡Cómo podía haberse marchado de aquella manera! ¡Creyeron que estaba muerta! Todos estaban muy enfadados, pero se dio cuenta de que se habían preocupado más por ella que por el catalejo.

La madre de Pluma, que normalmente era muy tranquila, se quedó afónica de tanto gritar por la emoción y le dio a su hija un gran abrazo. Y Cereza se le enganchó como si creyera que fuera a marcharse de nuevo.

Mandaron a Pluma a que el viejo Ascua le afeitara la cabeza. Ella se dio cuenta de que el anciano la miraba con asombro e incertidumbre. ¿Era de verdad la pequeña Pluma aquella chica bronceada por el sol, con pelo, una nueva cicatriz en la frente y una mirada azul celeste?

Cuando salió rapada y limpia, todos le preguntaron por el catalejo. Reveló la verdad y sus amigos se quedaron pálidos. Nadie la llamó traidora, pero sus expresiones de horror fueron muchísimo peor.

Llevaron a Pluma ante el jefe para que se lo explicara y todos se reunieron a su alrededor para escucharla.

–Lo siento –se disculpó–. Lamento haber sido tan tonta. Ya no tenemos el catalejo. Está roto y no se puede reparar.

Hubo un grito ahogado comunal, seguido de un silencio que pareció llevarse todo el aire de la sala.

–Pero… –dijo Pluma, calmando sus nervios– no lo necesitamos.

–¿Cómo que no? –preguntó con crudeza el jefe.

–Prosperaremos –respondió Pluma–. Podemos construir atalayas de madera a lo largo del Muro, de varios metros de altura, con tirolinas entre ellas para poder ir de una a otra. Los vigilantes podrían mirar en todas las direcciones, no solo en una. Podemos enviar señales de una torre a otra con silbidos que ninguna criatura del Bosque pueda oír. Y no seremos solo nosotros. Habrá otros vigilando por el Muro, que nos mandarán avisos.

–¿Otros? ¿Qué otros? –apenas se oyó preguntar al jefe, cuya voz ahogaban los murmullos de la multitud haciendo la misma pregunta.

Pluma se agachó y abrió su fardo. Todos se quedaron mirando asombrados cómo sacaba la espada y los artículos de cuero que le habían dado en la Armería, las plantas repelentes de insectos que usaban en el Último Bastión, la concha silbato del Castillo, los vinos afrutados de Posibilidad y el pedernal que había recogido en la playa para encender fuego. Les habló de sus viajes, de murciélagos domesticados, de tirolinas, jardines colgantes y barcos.

–Esas otras fortificaciones pueden ayudarnos. Podemos viajar e intercambiar cosas, enseñarles lo que sabemos y aprender de ellos; así todos tendremos más probabilidades de sobrevivir. Podemos domar el Bosque, que nos odiará para siempre, pero ninguno de nosotros tendrá que enfrentarse con él solo. Hay más fortificaciones tierra adentro y podemos ir a buscarlas.

–El Muro está roto, pero las grietas pueden salvarse de un salto –respiró hondo–. Si nadie más quiere caminar por el Muro, iré yo misma.

El jefe se la quedó mirando y después se aclaró la garganta.

–Esos desconocidos que te has encontrado… ¿dónde están? –preguntó–. ¿A qué distancia?

–¡Puedo enseñároslo! –contestó Pluma llena de entusiasmo.

Sacó un trozo de carbón y empezó a dibujar un mapa sobre el suelo de piedra. Todos se inclinaron a mirar cómo el mundo se expandía, trazo a trazo.

El Último
Bastión
La Armería
La Puerta del
Hombre Gris

La Fortaleza
de lo Sano
La Curva
Posibilidad
El Castillo

Frances Hardinge

Frances Hardinge pasó su infancia en una casa enorme y vieja que la inspiró para escribir historias raras desde bien pequeña. Después de estudiar Filología Inglesa en la Universidad de Oxford, se puso a trabajar en una empresa de *software*. Al cabo de unos años, un amigo persistente se las apañó para convencerla de que enviara a un editor unos capítulos de *Fly By Night*, su primera novela juvenil. Macmillan le hizo una oferta de inmediato. El libro recibió críticas excelentes y ganó el prestigioso premio Brandford Boase a la mejor obra novel. Conocida por su hábil uso del idioma, desde entonces ha escrito muchos libros aclamados por la crítica, entre los que se encuentran *La voz de las sombras*, *La canción del cuco*, *La luz de las profundidades* y el ganador del Premio Costa, *El árbol de las mentiras*.

Emily Gravett

Emily Gravett tiene un talento poco común para crear libros excepcionales para niños y jóvenes. Ganadora de dos medallas CILIP Kate Greenaway, su habilidad e ingenio son insuperables. Emily saltó a la fama por primera vez con el innovador *Wolves*, al que han seguido multitud de libros inolvidables de personajes únicos. Cada libro es especial y diferente del anterior, y cada uno presenta personajes entrañables, bellamente dibujados, con ternura y sentido del humor. Emily vive en Brighton con su familia.

Bambú Exit

Ana y la Sibila
Antonio Sánchez-Escalonilla

El libro azul
Lluís Prats

La canción de Shao Li
Marisol Ortiz de Zárate

La tuneladora
Fernando Lalana

El asunto Galindo
Fernando Lalana

El último muerto
Fernando Lalana

Amsterdam Solitaire
Fernando Lalana

Tigre, tigre
Lynne Reid Banks

Un día de trigo
Anna Cabeza

Cantan los gallos
Marisol Ortiz de Zárate

Ciudad de huérfanos
Avi

13 perros
Fernando Lalana

Nunca más
Fernando Lalana
José M.ª Almárcegui

No es invisible
Marcus Sedgwick

Las aventuras de George Macallan. Una bala perdida
Fernando Lalana

Big Game (Caza mayor)
Dan Smith

Las aventuras de George Macallan. Kansas City
Fernando Lalana

La artillería de Mr. Smith
Damián Montes

El matarife
Fernando Lalana

El hermano del tiempo
Miguel Sandín

El árbol de las mentiras
Frances Hardinge

Escartín en Lima
Fernando Lalana

Chatarra
Pádraig Kenny

La canción del cuco
Frances Hardinge

Atrapado en mi burbuja
Stewart Foster

El silencio de la rana
Miguel Sandín

13 perros y medio
Fernando Lalana

La guerra de los botones
Avi

Synchronicity
Víctor Panicello

La luz de las profundidades
Frances Hardinge

Los del medio
Kirsty Appelbaum

La última grulla de papel
Kerry Drewery

Lo que el río lleva
Víctor Panicello

Disidentes
Rosa Huertas

El chico del periódico
Vince Vawter

Ohio
Àngel Burgas

Theodosia y las Serpientes del Caos
R. L. LaFevers

La flor perdida del chamán de K
Davide Morosinotto

Theodosia y el báculo de Osiris
R. L. LaFevers

Julia y el tiburón
Kiran Millwood Hargrave
Tom de Freston

Mientras crezcan los limoneros
Zoulfa Katouh

Tras la pista del ruiseñor
Sarah Ann Juckes

El destramador de maldiciones
Frances Hardinge

Theodosia y los Ojos de Horus
R. L. LaFevers

Ánima negra
Elisenda Roca

Disidente y perseguido
Joe F. Daniels

El gran viaje
Víctor Panicello

Los cuentos de Lesbos
Àngel Burgas

Un detective improbable
Fernando Lalana

La isla de los susurros
Frances Hardinge

Leila y la zorra azul
Kiran Millwood Hargrave
Tom de Freston

Las dos aventuras
Carlo Frabetti

Centinelas
Alfonso Paredes

Las dalias tristes
Daniel Sanmateo

Cobweb
Michael Morpurgo

El bosque de los mil ojos
Frances Hardinge
Emily Gravett

La conspiración contrarreloj
Sam Sedgman